바닷가 마을 요가 선생님이 되었습니다

ESSAYIST

전지영 에세이

바닷가 마을 요가 선생님이 되었습니다

✻)

목차

요가를 하는 사람은

과거를 돌아보지 않고

미래를 두려워하지 않으며

영원한 지금을 산다.

사마스티티

SAMASTHITI

두 발로 땅을 딛고 반듯하게 서는 아사나다.
언뜻 쉬워 보이지만 삶이 그렇듯
흔들리지 않는 고요한 사마스티티를
유지하기란 수월하지 않다.

※ '아사나(Asana)'는 요가 자세를 의미한다.

흔들리지 않고 바르게 서기

마흔둘, 나는 몹시 지쳐 있었다. 3년간의 소송 끝에 이혼했고 그 과정에서 오랜 시간 함께했던 고양이가 동물병원에서 홀로 무지개다리를 건넜다. 의욕이라곤 조금도 남아있지 않았다. 침대에서 일어나는 일이 세상 무엇보다 힘들었다. 항상 눕고 싶은 기분이었지만 정작 불면증으로 잠을 이루지 못했다.

살다 보면 누구나 예상하지 못한 일로 넘어질 때가 있다. 무릎이 까지고 코가 깨진다. 너무 아프고 창피해서 그대로 시간이 멈춰 버렸으면 좋겠다고 생각한다. 하지만 넘어진 사람도 그 모습을 안타깝게 지켜보는 주변 사람들도 알고 있다. 영원히 엎드려 있을 수 없다는 사실을. 길든 짧든 결국 툭툭 털고 일어날 수밖에 없다.

나도 알고 있었다. 꾹 참고 일어나야 할 시간이었다. 그런데 그럴 수 없었다. 얼른 일어나야 할 텐데 진흙탕에 코를 박고 있는 모습이 꼴사납다는 걸 잘 알고 있는데 도무지 몸이 움직이지 않았다. 그렇게 나는 바닥에 납작 엎드려 이 모든 것이 지나가길 기다렸다.

마침내 전신 거울 앞에 섰을 때 거울 너머에서 나를 바라보는 중년 여성의 모습은 몹시도 낯설었다. 그 여자는 오랫동안 피로의 늪에서 벗어나지 못하고 있었다. 몸 어디에도 삶을 살아가는 데 꼭 필요한 활력과 강인함을 찾아볼 수 없었다. 만약 야생동물이었다면 일주일도 견디지 못하고 목숨을 잃었을 것이다.

스스로 묻지 않을 수 없었다. 도대체 나에게 무슨 일이 있었던 걸까? 내 앞에는 두 가지 선택지가 있었다. 불행을 겪은 마음과 중년의 나이를 핑계로 거울 속 자신을 순순히 받아들일 것인지 아니면 처음부터 다시 시작할 것인지. 애초에 선택의 여지는 없었다. 그때 내가 할 수 있었던 것은 더 이상 남아있지 않았다. 바꿀 수 있는 건 오직 내 몸뿐이었다.

내 삶의 수많은 시도와 도전은 대부분 실패로 돌아갔다. 일, 경력, 관계, 평생 책임져야 할 것들에 대한 충동적인 결정이 깊은 후회를 남겼다. 하지만 몇 가지는 자부심으로 남아 나 자신을 사랑할 수 있도록 만들어 주었다. 그것은 단번에 이뤄지지 않았다. 적지 않은 시행착오를 거치면서 처음부터 다시 시작하기를 반복했다.

❀

마흔여섯, 나는 세 마리 고양이와 함께 서해의 어느 섬으로 향했다. 해수욕장이 열 군데가 넘는 제법 큰 섬이었다. 읍내가 단출해서 파출소, 우체국, 주유소, 은행, 농협 하나로 마트와 읍사무소가 5~600미터 남짓한 중앙도로를 따라 모여 있었다. 읍내 어디에서도 시외버스 터미널까지 5분이 걸리지 않았다.

나와 고양이들의 새로운 거처는 우체국 맞은편, 소방 도로변과 맞닿은 4층짜리 건물 301호였다. 그곳에서 20분 정도 걸어가면 백사장이 나왔다. 나는 때때로 그곳까지 걸어가 뉘엿뉘엿한 해가 바다의 경계 너머로 사라지는 모습을 바라보았다. 트레킹 코스가 잘 조성돼 있었고 해안선을 따라 절경이 펼쳐지는 아름다운 섬이었다. 나와 고양이들은 그 섬에 머물기로 했다.

시외버스정류장 부근, 조용하게 문을 연 요가원은 요가원이라고 하기엔 시설이 제대로 갖춰져 있지 않은 데다 수강생도 많지 않았지만 주민들의 예상보다 훨씬 더 오랫동안 수업을 이어갔다.

숩타 우다라까르샤나아사나

SUPTA UDARAKARSHANASANA

척추를 좌우로 틀어주는 아사나다.
돈을 벌기 위해 건강을 지불한 이들은
다시 건강해지기 위해 그동안 번 돈을 지불해야 한다.
숩타 우다라까르샤나아사나는 그 시기를 늦춰준다.

성공의 기쁨과 슬픔

　나는 편집 디자이너였다. 근무했던 곳은 '편집 디자인 업계의 사관학교'라고 불릴 정도로 혹독한 업무량을 자랑하던 출판사였다. 나는 기업의 디자인 업무를 대행하는 부서에서 선임 디자이너 없이 사보, 애뉴얼 리포트(연차 보고서), 브로슈어를 만들었다. 한 달에 열흘 이상 마감이었다.

　마감이란 그야말로 매일 밤을 새우는 기간이었다. 새벽 네다섯 시에 집으로 돌아가 잠깐 눈을 붙이고 오전 열한 시쯤 다시 회사로 돌아와 일했다. 일주일 내내 집에 가지 못하고 책상에 엎드려 새우잠을 자면서 마감을 한 적도 있다. 휴일도, 초과 근무 수당도 없었다. 이후 옮겨 간 그래픽 디자인 회사에는 수면실과 샤워실이 갖춰져 있었다. 정말 너그러운 회사라고 기뻐했지만 지금 돌이켜 보면 그게 과연 기뻐할 일이었나 싶다. 그 시절에는 그런 근무 환경에 문제가 있다고 생각하지 못했다. 편하게 일하기보다 실력 있는 편집 디자이너가 되고 싶었다. 디자이너에게 밤샘 작업은 숙명이었다.

지위가 높아도 예외는 아니었다. 같은 회사 잡지 부서의 편집장은 심각한 허리 디스크 질환에 시달리고 있었다. 회사 로비에서 마주칠 때마다 그녀는 2층 사무실까지 걷기 힘들다면서 엘리베이터를 기다렸다. 수월해 보이지 않는 걸음걸이로 느릿느릿 걸을 때마다 제대로 펴지 못한 상체가 앞으로 나갔다. 동료 직원들은 그녀를 보면서 건강에 대한 경각심을 갖는 대신 우리는 제대로 걸을 수 있으니 가끔 느껴지는 허리 통증 정도는 별거 아니구나, 안심했다.

지옥의 사관학교에서 일한 지 6개월이 지나지 않아 마감을 하지 않는 날에도 택시를 타고 출퇴근하는 버릇이 생겼다. 나뿐 아니었다. 어느 선배는 이제 대중교통

요금이 얼마인지도 모르겠다고 했다. 다들 택시 안에서 조금이라도 눈을 붙이고 싶어 했다. 집으로 돌아가면 옷도 갈아입지 못하고 그대로 침대에 코를 박고 쓰러졌다. 느긋하게 밥 먹을 시간 따위는 없었다. 회사에서도 샌드위치나 피자로 대충 끼니를 때우기 일쑤였다. 마감이면 무조건 배달 음식을 시켜 먹었다.

밤을 새우면서 일하던 어느 새벽이었다. 휴게공간에서 혼자 담배를 피우는데 갑자기 시야가 영화 특수 효과처럼 일그러지면서 바닥이 코앞으로 다가왔다. 나도 모르게 쓰러진 것이다. 이러다 죽는 게 아닐까 공포를 느꼈다. 아직 서른이 되기 전의 일이었다.

그곳에 처음 입사했을 때 우리 부서는 팀장의 부재로 분위기가 어수선했다. 내가 들어오기 직전 팀장님이 돌아가셨다고 했다. 과로사가 흔하던 시절이었다. 갓 마흔이었던, 지금 돌이켜 생각하면 터무니없이 젊었던 팀장에게는 아내와 자식들이 있었다.

이따금 궁금해진다. 그때 갑작스럽게 가장을 잃은 가족들은 충분히 보상받았을까? 아니, 일을 하다가 죽어

버린 남자의 가족에게 과연 얼마의 금액이 '충분한 보상'이 될까? 어떤 당연한 것들은 그것이 당연하게 받아들여지기까지 긴 시간이 걸린다.

마지막으로 근무했던 회사에서 조직 개편으로 팀이 해체되어 직장을 그만두게 된 건 그로부터 몇 년 지나지 않아서였다. 나는 회사로 돌아가는 대신 프리랜서를 선택했다. 계속 밤새워 일할 자신이 없었다. 드디어 푹 잘 수 있었지만 수면시간이 충분한 프리랜서 생활은 계속되지 않았다.

❀

프리랜서로 삼십 대 중후반을 보낸 후 다시 출퇴근하게 되었을 때 사뭇 달라진 직장 문화를 체감할 수 있었다. 어떤 회사를 가도 긴장과 냉소가 뒤섞인 미묘한 공기가 흘렀다. 홍대 부근 작은 출판사로 출근한 첫날, 네다섯 명밖에 되지 않는 직원들은 무기력한 표정으로 내게 눈길조차 주지 않았다. 활기차게 떠들고 있는 사람은 대표 한 사람뿐이었다. 체격이 크고 위협적인 목소리를 가진 그는 불과 며칠 안에 마감을 끝내라고 다그쳤다. 이런 무모한 마감은 얻는 것보다 잃는 것이 더 많다고 하자 그가 말했다.

"그렇지. 잃는 것은 바로 직원의 건강이야"

그곳에서 일했던 기간은 3주가 채 되지 않았다. 급료는 한 푼도 받지 못했다. 근로계약서를 작성하지 않은 상태에서 스스로 나갔다는 이유였다.

❀

바닷가 마을로 향했던 그해, 예전 직장 선배로부터 메일을 받았다. 연고도 없는 바닷가 마을에서 잘 지내고 있냐는 안부 인사였다. 이번 주 금요일 서울에서 얼굴이나 한번 보자고 했다. 바닷가 마을 요가 수업은 저녁 아홉 시에 끝났다. 휴일이 아니면 서울로 가기 어려웠다. 그녀는 몹시 아쉬워했다.

"바쁘게 사는구나. 평생 일할 걸 지금 다 하나 보다."

그녀에게 '바쁘게 산다'라는 말은 칭찬이었다. 좋아하는 일을 열심히 하고 있다니 기쁘다는 의미도 담겨 있었을 것이다. 하지만 나는 더는 바쁘게 살고 싶지 않았다.

바쁘게 사는 것을 미덕으로 여겼던 그녀는 성공한 인물이었다. 재미있는 사실은 그녀의 진짜 성공이 뼈가 삭도록 일했던 시기에는 찾아오지 않았다는 것이다. 대기업 계열 출판사 대표 직함을 가지고 있었던 그녀는 당시 별로 행복해 보이지 않았다. 정확한 사정을 알 수 없었지만 늑대 같은 권력 싸움에 지쳐 심신이 너덜너덜해진 것 같았다. 어느 날 갑자기 출판 경력이라곤 전혀 없는 본사 출신 간부가 출판사 공동 대표라는 직함을 차지했고 내몰리듯 직장을 그만두었다. 이후 전쟁 같은 일상을 멈추고 집필한 책이 베스트셀러에 오르면서 그녀는 비로소 성공한 사람의 대열에 합류할 수 있었다.

누군가의 성공과 실패에 대해서 이러쿵저러쿵 말하기는 쉽다. 하지만 지금과 같은 세상에서 노력하지 않는 사람은 없다. 확실한 사실은 부와 권력이 제한된 사람에게만 돌아간다는 것 뿐이다. 누군가 부와 권력을 누리기 위해서는 필연적으로 타인의 잉여 노동력과 복종이 필요하다. 결국 성공이라는 행운은 사람 수에 비해 턱없이 적은 의자에 앉기 위한 게임 같은 것이다. 노동의 양과 상관없이 누군가는 의자에 앉지 못한다.

웃타나 시소사나

UTTANA SHISHOSANA

잠이 들 정도로 편안해야 하는 아사나지만
처음 이 자세를 했을 때 나도 모르게
악마에 빙의된 듯한 목소리가 튀어나왔다.

회복을 위한 첫걸음

이혼 소송이 끝나고 작은 출판사를 전전하던 나는 삶을 어디서부터 다시 시작해야 할까 고심했다. 오랜만에 만난 지인들은 형편없이 시들어 버린 내 얼굴에 내심 충격을 받은 것 같았다. 몇 명은 눈물을 글썽거렸다. 그들은 진심을 담아 고기를 먹으라거나, 수분 크림을 바르라거나, 집에만 있지 말고 외출도 하라고 충고했다. 그들의 말을 듣고 내가 고단백질 음식과 화장품과 산책이 필요한 얼굴을 하고 있다는 걸 알았다.

그때 지인이 함께 요가를 하자고 했다. 요가원을 찾은 건 순전히 그녀의 호의가 고마워서였다. 정작 나 스스로 무언가 바꿀 수 있다는 생각은 들지 않았다.

나는 태생적으로 몸을 움직이는 모든 활동을 싫어했다. 게다가 끈기도 없었다. 방구석에 틀어박혀 이불 속에서 만화책을 보는 일이 세상에서 가장 행복했던 시절이 있었다. 지금도 별반 다르지 않다. 가능하면 앞으로도 꼼짝하지 않은 채 남은 생을 살고 싶다.

스포츠에는 아무런 흥미를 느끼지 못한다. 동네에서 이상한 함성이 들리면 월드컵 시즌인가 생각한다. 그래도 날씬해지고 싶다는 마음에 할 수 있는 운동을 다 했던 것 같다. 수영, 헬스, 조깅, 줄넘기. 어떤 운동도 한 달을 넘기지 못했다.

직장 생활을 접고 프리랜서로 일하게 되었을 때 바닥까지 떨어진 체력을 회복하기 위해 다시 운동하기로 결심했다. 이번에는 쉽게 포기하지 않도록 흥미 위주로 선택했다. 자전거, 인라인스케이트, 등산, 트레킹, 그리고 요가.

당시 요가는 생소한 운동이었다. 지금처럼 다양한 클래스로 나뉘어 있지도 않았다. 요가라는 이름으로 몇 가지 자세와 윗몸 일으키기 같은 웨이트 동작을 반복하는 것이 전부였다. 6개월 정도 꾸준히 수업을 받았지만 몸이 건강해진 것 같지 않았다. 여전히 모래주머니를 얹은 듯 등어깨가 무거웠고 만성적인 허리 통증과 피로에 시달렸다.

요가에 이어 시작한 등산과 트레킹은 마음을 상쾌하게 만들어 주었다. 성취감도 느낄 수 있었다. 그러나 의욕적인 기분도 잠시, 등산을 다녀온 다음 날이면 오른쪽 무릎이 아파서 자리에서 일어설 수조차 없었다.

내 인생을 통틀어 모든 운동의 결과는 좋지 않았다. 신체 기능이 향상됐다고 느낀 적은 없었다. 오히려 운동을 하지 않았을 때보다 삶의 질이 더 떨어져 버렸다. 늘 따뜻한 휴양지에서 전신 마사지를 받고 싶은 생각만 간절했다. 과연 운동이 사람의 몸에 도움을 주는 것인지 의문스러웠다.

❀

그 요가원은 신촌 연세대 동문회관 근처에 있었다.

나무 바닥과 거울이 설치된 10평 남짓한 공간과 벽면에 걸린 코끼리 문양 태피스트리 외에 간판도 탈의실도 로커도 없었다. 가방과 옷은 요가실 한쪽에 쌓아 놓고 수업을 받았다. 수업 시간보다 일찍 도착하면 복도 근처를 서성이며 문이 열리길 기다렸다. 수많은 요가원이 경쟁적으로 문을 연 지금 생각하면 어이가 없을 정도로 불편한 곳이었다. 한 명뿐인 요가 선생님은 회복 요가 전문 강사라고 했다. 주로 1:1 개인 수업을 했는데 단체 수업은 화요일과 목요일 이틀뿐이었다.

회복 요가는 재활이 필요한 사람들을 대상으로 하는 기초적인 유연성 수업이라고 했다. 난도가 낮은 가장 쉬운 수업이었지만 내 몸은 당황스러울 정도로 움직이지 않았다. 등산으로 망가진 무릎이 아파서 매트에 수건을 몇 장이나 깔고 고양이 자세(두 손과 두 무릎을 바닥에 댄 자세)를 했다. 굳어 있는 등어깨와 허리 때문에 웃타나 시소사나(고양이가 기지개를 켜는 것 같은 자세)를 하면 턱과 무릎에 멍이 들었다. 다행인지 불행인지 함께 수업을 듣는 열 명 남짓한 수강생들도 나만큼이나 몹쓸 몸을 가지고 있었다. 다리 뒤쪽 근육을 당기거나 어깨를 펴는 자세를 할 때마다 여기저기에서 영화 〈검은 사제들〉의 어린 소녀가 악령으로 변신하는 듯한 앓는 소리가 들렸다. 그곳에서 요가를 시작한 지 몇 개월 지나지 않아 등어깨와 허리 통증이 사라졌고 고질적인 생리통이 개선되었다.

시간이 지나고 나는 예전 요가 수업이 왜 아무런 효과가 없었는지, 도대체 무엇이 내 몸을 총체적 난국으로 빠뜨렸는지 자연스럽게 깨닫게 되었다. 그때까지 내가 운동의 흑역사를 쌓아 왔던 건 의지 박약이나 외부 환경 탓이 아니었다. 운동을 시작할 때 '몸'보다 '운동'을 먼저 고려했기 때문이었다.

사람들은 건강에 관해 두 가지 상반되는 이야기를 한다. 체력이 예전 같지 않다고 낙담하면서 한편 운동을 열심히 하고 있다는 것이다. 운동을 하고 있는데 동시에 피곤하고 점점 체력이 떨어진다는 말은 무엇일까? 운동을 계속해도 효과가 없는 이유는 운동의 목적이 자기 만족감에 있거나 아니면 운동 시행착오를 겪고 있거나 둘 중 하나일 것이다.

우리는 누구나 최선을 다해 살고 있노라 말하고 싶어 한다. 그것이 잘못되었다고 할 순 없다. 하지만 운동의 목적은 어디까지나 건강에 있다. 최선을 다해 살고 있다는 기분이 되기 위해 굳이 결과 없이 몸을 움직여야 할 필요는 없다.

이혼 소송이 장기전으로 돌입했을 때 나는 매주 등산을 다녔다. 등산은 그야말로 극기의 운동이었다. 짧게는 세 시간 길게는 여덟 시간 동안 정상을 향해 강행군하면서 "아직 죽지 않았구나. 뭐든 할 수 있을 것 같아."라는 만족감을 느꼈다. 돌아보면 내가 했던 건 운동이 아니라 개선할 수 없었던 현실에 대한 자책이었다.

자누 시르사아사나

골반 교정을 위해 꽤 열심히 했던 아사나다.
무릎 관절에 부담을 준다는 단점이 있어서
지금은 자주 하지 않는다.

구두 뒤축이 한쪽만 닳는 이유

이미 이십 대 때부터 내 골반은 틀어져 있었다. 그 사실을 요가를 하면서 처음 알았다. 돌이켜 보면 구두 뒤축이 한쪽만 닳았고 즐겨 입었던 짧은 스커트는 자꾸 한 방향으로 돌아갔다. 당시에는 그런가 보다, 대수롭지 않게 여겼다.

거울을 보면 내 어깨는 유독 왼쪽이 솟아 있다. 학생 시절 한쪽으로만 메던 무거운 가방, 다리를 꼬고 앉던 습관, 하루 종일 컴퓨터 앞에 앉아서 당연한 듯 계속했던 야근과 밤샘 작업…. 틀어진 골반은 의식하지 못하는 사이 몸 전체를 불균형하게 만들었다. 어깨뿐 아니었다. 얼굴의 모양, 다리 길이와 근육의 발달 정도까지 어떻게 모를 수 있었을까 싶을 정도로 좌우가 확연하게 달랐다. 엉치뼈는 한눈에 보아도 뒤로 밀려 있었다.

　의자에 등을 기대고 느슨하게 앉아 있는 자세는 척추 건강에 치명적인 악영향을 끼친다. 대부분의 사람이 의자에 앉을 때 상체와 허리를 똑바로 세우지 않는다. 허리를 세우려면 척주세움근과 복근을 사용해야 하기 때문에 힘들다고 느낀다. 근육을 사용하지 않고 기대앉는 자세는 당장은 편하지만 대신 척추가 근육의 몫까지 엄청난 압력을 감당하게 된다. 특히 다리를 꼬고 앉는 자세는 골반이 틀어지게 되는 주된 원인이다.

　신체 불균형은 어느 순간 피로감으로 드러난다. 관절과 주변 근육의 변형은 그 자체로 몸을 피로하게 만든다. 순환이 느려지고 내장 기관을 압박한다. 아무리 휴식을 취해도 나아지지 않는 피로감과 통증은 대개 신체의 불균형에서 기인한다.

　이십 대 요가 강사가 중년의 수강생들을 가르치는 수업 풍경을 흔하게 본다. 나이 지긋한 수강생들은 스무 살 선생님과 별로 비슷하지 않은 몸짓으로 시간을 보내면서 열심히 운동하면 언젠가 요가 선생님처럼 비키니가 어울리는 몸매가 될 거라는 기대를 품는다. 물론 그런 날은 오지 않는다. 요가 강사는 운동을 전공했거나 최소한 운동을 좋아하기 때문에 그것을 직업으로 선택한다. 빠르면 십 대부터 운동을 시작해 누구보다 건강한 몸 상태를 유지하면서 이십 대를 보내고 삼십 대에도 기예단의 어린 소녀처럼 고도의 동작을 거뜬하게 소화한다. 하지만 세상에는 운동과 담을 쌓고 숨만 쉬면서 시간을 보낸 나 같은 사람들이 훨씬 더 많다.

운동을 하지 않은 채 마흔을 맞은 우리의 몸은 일상 습관과 출산, 그리고 중력의 작용으로 이십 대의 몸과는 완전히 달라져 있다. 사십 대의 몸은 이십 대의 몸과 달리 열심히 운동하는 것만으로는 해결할 수 없는 복잡한 문제를 가지고 있다. 몸 여기저기에서 벌써 통증이 느껴진다.

처음에는 정확하게 어디에서 통증이 시작되는지 구분하기 어려웠다. 어린아이들이 몸이 아프면 무조건 "배가 아파요"라고 말하는 것처럼 그저 '피곤하고 힘들다'라고만 여겼다. 건강 검진을 받으면 혈당 수치가 평균보다 높다는 소견뿐 특별히 병은 없다고 했다.

타고난 저질 체력, 바르지 않았던 자세, 오래 앉아 일하는 직업, 인생의 중반에 겪은 극심한 삶의 변화. 내 몸은 낭떠러지에서 굴러떨어진 것이나 마찬가지였다. 손발이 저렸고 갑자기 일어서면 현기증을 느꼈고 조금만 걸어도 숨이 찼고 심장이 자주 두근거렸다. 그럼에도 불구하고 아직 젊고 병도 없으니까 괜찮겠지 싶어서 강도 높은 유산소 운동과 근력 운동을 선택했다. 당연하게도 몸은 더욱 지치고 쉽게 부상을 입었다.

요가를 시작하고 처음 몇 년 동안은 아름다운 몸만들기 따위는 잊기로 했다. 체력을 회복하고 아프지 않은 몸을 만드는 목표에만 집중했다. 오랫동안 사용하지 않았던 근육을 움직이자 오히려 새로운 통증이 시작되었다. 강도 높은 유산소 운동을 했을 때와는 전혀 다른 통증이었다. 다행히 통증은 얼마 지나지 않아 사라졌다. 신체 컨디션도 조금씩 회복되었다. 하지만 골반과 무릎만큼은 예외였다.

골반 통증은 가장 마지막에 시작되었다. 과연 요가를 계속해도 될까 고민스러울 정도로 심했다. 왼쪽 천장관절(천골과 장골이 만나는 부위)에서 다리를 따라 발끝까지 느껴지는 통증 때문에 도무지 잠을 이룰 수 없었다.

골반 통증은 1년 정도 지속되다가 사라졌다. 하지만 장시간 앉아 있거나 밤을 새워 일한 다음 날이면 어김없이 통증이 찾아왔다. 참을 수 없이 심해지다가 잦아드는 고질적인 골반 통증은 이제 더 이상 몸을 함부로 혹사해서는 안 된다는 사실을 일깨워 주었다.

등산으로 얻은 무릎 통증은 아예 속수무책이었다. 주의를 기울이지 않으면 이내 부상을 입곤 했다. 그럴 때마다 무릎을 쉬게 해 주어야 했다.

내 몸은 변덕이 심했다. 신체 컨디션은 들쑥날쑥했고 근육이 잘 만들어지지 않았다. 어떤 시기에는 활력과 운동 능력이 눈에 띄게 높아졌다가 어떤 시기에는 기본적인 자세도 수월하지 않았다. 다시 또 지루한 교정 동작을 반복했다. 이걸 평생 해야 하는구나, 겸손하게 받아들일 수밖에 없었다. 손상된 골반과 무릎 관절은 이후로도 요가를 계속하는 데에 걸림돌로 작용했다. 그 결함은 이미 나의 일부였다.

부장가아사나

BHUJANGASANA

부장가아사나는 '코브라 자세'라는 뜻이다.
앞은 늘 보이지 않았다.
분명한 한 가지는 고개를 치켜든 코브라처럼
두려움을 딛고 나아가야 한다는 사실 뿐이다.

앞으로 나아가는 용기

　요가 지도자 과정이 시작된 여름, 나는 직원이 세 명 뿐인 출판사에서 근무하고 있었다. 전에 비해 다소 나아지긴 했지만 다시 출퇴근하는 일상이 신체 컨디션을 빠르게 떨어뜨리는 중이었다. 주변에서 용기를 북돋아 주지 않았다면 요가 강사 자격증은 엄두도 내지 못했을 것이다.

　"어렵더라도 시작해 봐. 지금이 아니면 할 수 없을지도 몰라. 넌 요가를 좋아하잖아. 잘할 수 있을 거야."

　스스로 요가를 좋아하는지 알지 못했고 제대로 해내리라는 기대도 없었지만 진심으로 하고 싶다면 나중으로 미루지 말고 지금 해야 한다는 말은 옳았다.

　요가 지도자 과정은 매주 토요일 오전 열 시부터 오

후 두 시까지였다. 수강생은 모두 여섯 명이었고 그중 절반이 요가를 시작한 지 얼마 되지 않은 초보자였다. 취업이 목적이었던 한두 명을 제외하면 가족이나 친구들에게 요가를 가르쳐 주고 싶어서 혹은 집에서 혼자 조용하게 요가를 하고 싶어서 지도자 과정을 찾았다고 했다.

여름 한가운데에서 시작된 수업은 그해 겨울을 넘기지 않았다. 모든 수강생이 어렵지 않은 시험을 거쳐 요가 지도자 자격증을 받을 수 있었다. 하지만 자격증이 보장해 주는 것은 아무것도 없었다. 우리는 아직 요가 강사라고 할 수 없었다. 한참 더 실력과 경험을 쌓아야 했다. 그래도 첫해에는 느긋한 마음이었다. 지인들에게 개인 수업을 하면서 요가 강사로서 경험을 쌓기 시작했고 얼마 되지 않았지만 수업료도 받을 수 있었다.

요가 강사로 일한다는 것은 예상과 달랐다. 전업 요가 강사로 일정 금액 이상의 소득을 올리는 사람은 많지 않았다. 경력 20년이 넘는 강사도 요가원을 개업하지 않는 이상 신입 강사와 크게 차이 나지 않는 강사료를 받으며 파트타임으로 일했다. 실력을 쌓기 위해서는 필요에 따라 워크숍을 꾸준히 들어야 하는데 그 비용이 만만치 않았다. 때로는 강사로 버는 수입보다 워크숍 수업료로 나가는 지출이 더 컸다.

나는 본래의 일을 하면서 소소하게 요가를 가르치고 싶었다. 전업 요가 강사로 하루에 서너 시간씩 수업하려면 그만큼 뛰어난 체력과 실력이 필요했다. 기운이 넘치는 이삼십 대 강사들과의 치열한 경쟁에 뛰어들 마음은 없었다. 그러나 안타깝게도 그 '본래'의 일이 잘 굴러가지 않았다. 의도한 것은 아니었지만 나는 요가 강사로 살아남기 위해서 영혼까지 모두 끌어모아야 했다.

❈

서울을 떠나 인천의 신도시로 이주했을 때 내가 가진 것이라곤 텅 빈 통장과 고양이 두 마리 그리고 요가 지도자 자격증이 전부였다.

신도시의 신축 아파트와 주상복합 단지는 이미 복지 시설과 스포츠 시설이 갖추고 있었다. 저렴한 커뮤니티 센터를 두고 굳이 요가원을 찾는 사람은 드문 것 같았다. 이사 후 한 달이 넘도록 요가와 관련이 있을 법한 모든 시설에 이력서와 수업 계획서를 보냈지만 쉽게 일자리를 얻지 못했다. 주민 센터, 요양소, 피트니스 센터, 아파트 커뮤니티 센터, 일반 기업체에 요가 수업 계획서를 보냈다. 설마 연락이 올 거라고 예상하지 못했지만 근처 스포츠 센터 안내데스크 직원을 구한다는 공고에도 이력서를 넣었다.

　　자전거로 15분 거리에 있는 스포츠 센터는 규모가 꽤 커서 아파트 상가 2~3층을 모두 차지하고 있었다. 센터 1층에 사우나 시설, 피부 관리실, 회원권 상담실, 회원 카페와 사무실이 있었고 실내 골프 연습장과 피트니스 클럽, 단체운동실은 2층이었다. GX(Group Exercise) 프로그램은 오전 에어로빅 수업이 전부였다. 요가 수업은 아직 개설되지 않았다. 나는 GX 수업 개설을 조건으로 안내데스크 근무를 시작했다.

근무 시간은 평일 낮 열두 시부터 오후 아홉 시까지 휴게시간을 제외하면 하루 여덟 시간이었다. 2주에 한 번 토요일 근무가 추가되었다. 월 225시간을 일하면서 받는 월급은 주휴 시간 포함 1,405,000원이었다. 시급으로 환산하면 6,224원, 당시 최저 임금이었다.

한 달이 지나서 나서 저녁 요가 수업을 오픈했고 월 수금 주 3시간, 시간당 25,000원의 수업료를 추가로 받을 수 있었다. 그렇지만 여전히 요가를 가르치는 일보다 안내데스크 수습사원(이라고 쓰고 잡역부라고 읽는) 업무가 우선이었다.

스포츠 센터의 하루는 그해 고등학교를 갓 졸업한 여직원 두 명과 함께 세탁물을 정리하는 일로 시작되었다. 매일 출근하면 센터 입구에 세탁 업체로부터 도착한 타월 수백 장이 쌓여 있었다. 운동복은 110리터 업소용 플라스틱 통 세 개를 가득 채웠다.

개장 시간이 되어 입장하는 회원에게 로커 열쇠와 수건을 건네고 골프 타석 번호를 지정해 주고 센터 입구 유리문과 데스크 주변, 1층 플로어를 수시로 쓸고 닦았다. 주말 대청소는 한 달에 한 번이었다. 화요일과 목요일에는 전단을 배포했다. 지나가는 사람들에게 전단을 억지로 떠넘기거나 근처 아파트 단지 우편함 혹은 주차장 자동차 와이퍼 밑에 전단을 꽂았다.

회원권 영업도 했다. 직원 한 사람당 250~300명가량의 회원 전화번호가 주어졌다. 할당된 회원에게 매번 전화를 걸어 할인 이벤트 참여를 독려하거나 회원권이 곧 만료된다고 안내했다. 통신료는 따로 지급되지 않았다. 각자 개인 휴대전화를 사용해야 했다. 나이가 많으니 다른 직원들의 모범이 되어야 한다는 언뜻 이해하기 어려운 이유로 모두가 꺼리는 업무를 맡기도 했다. 사우나 청결 상태를 체크하는 일이었다.

오전과 오후, 교대로 1층 사우나를 청소하는 60대 청소 도우미 두 사람은 상대방이 요령을 피우기 때문에 자기 일이 더 많다고 의심했다. 그렇게 서로에게 분통을 터뜨리며 어떻게 하면 상대방보다 더 적게 일할 수 있을까, 골몰하는 일에 열과 성을 다했다. 그 사이 사우나를 이용하는 회원들은 바닥이나 탕 내부가 더럽다고 화를 냈다. 나는 컴플레인이 들어올 때마다 사우나 바닥과 탕 내부와 거울, 욕실 의자, 세숫대야를 닦았다. 나중에는 여성 사우나 정리 업무가 아예 안내데스크 업무로 전환되었다.

가장 어린 여직원들이 나와 함께 빗과 헤어드라이기가 비치된 미용대와 탈의실을 청소했다. 수북하게 쌓여 있는 수건을 수거해 마대자루에 넣어 밖으로 내놓는 일을 끝낸 다음에야 퇴근할 수 있었다. 탕비실 쓰레기를 비우는 일도 내 몫이었다.

고객의 불만에도 대응했다. 스포츠 센터에서는 자잘한 사건 사고가 하루에도 몇 건이나 일어났다. 센터의 기기와 설비는 겉으로 멀쩡하게 보이지만 심각하게 노후되어 있었다. 갑자기 러닝머신이 멈추는 바람에 미끄러져 부상을 당하는 사고도 있었다. 한번은 사우나 물탱크가 터져 아래층 상가로 엄청난 양의 물이 쏟아져 내리기도 했다. 상가 복도에 차오른 물을 하루 종일 바가지로 퍼내는 일도 나를 비롯한 말단 직원의 몫으로 돌아왔다. 탕 온도가 너무 낮다, 실내가 너무 덥다, 운동 기구가 작동하지 않는다, 로커 뒤로 짐을 떨어뜨렸다, 에어로빅 음악이 너무 시끄럽다 등등 컴플레인이 들어올 때마다 반복해서 사과하고 상황에 따라 대처해야 했다. 회원 간의 반목도 중재했다.

그동안 구인 앱에 스포츠 센터 구인 광고가 왜 그렇게 자주 올라왔는지 알 것 같았다. 합리적인 체계를 갖추지 못한 조직에서 최저 임금을 받으면서 감정 노동까지 도맡아야 하는 일자리를 과연 얼마나 견딜 수 있을까, 나도 궁금했다.

수습 과정 3개월이 끝날 즈음 센터로부터 영업부 팀장직 제의가 들어왔다. 모든 업무를 실장에게 일임하고 이따금 센터에 들러 얼굴을 내밀 때마다 유리문에 묻은 먼지를 찾아내거나 CCTV 화면 속 직원들을 들여다보던 대표는 집무실 소파에 앉아 미리 작성된 근로계약서를 나에게 보여 주었다. 그는 땅딸막한 몸집 어디에서도 동정심이라곤 찾아볼 수 없는 중년 남성이었다. 스포츠센터 외에도 건설 분야 사업체를 몇 개 가지고 있다고 하는데 정확하게 무슨 회사인지 몇 번을 들어도 짐작되지 않았다.

계약서에 의하면 근로 기간은 1년, 무슨 이유에서인지 이미 끝난 수습 기간 3개월이 다시 추가되었다. 주 5일 근무와 격주 주말 근무, 휴게시간 한 시간을 포함한 하루 근무 시간은 아홉 시간. 연봉은 1,800만 원이었다. 연봉을 12개월로 나눠서 받는 월급 150만 원에는 연차 휴가 수당, 근로자의 날 수당, 연장 근로 수당이 모두 포함되었다. 연차는 법정공휴일로 대체된다고 했다. 각종 보험료와 연금을 제외하면 실수령액은 130만 원이 채 되지 않았다. 시급으로 환산하면 6,670원, 시간당 450원이 오른 셈이었다.

대표는 영업 팀장이 되면 거의 출근하지 않는 중간 관리직을 대신해 자신에게 직접 매출 보고를 해야 한다고 했다. 그의 설명에 따르면 영업 팀장은 이번 주에 영업팀에서 무슨 일을 했는지, 다음 주에는 무슨 일을 할 건지, 영업팀 일주일 판매 실적을 정리해서 누가 가장 매출이 많은지 등 아무리 작은 일도 빠뜨리지 않고 서류로 작성해 제출해야 했다. 영업팀은 일정 금액 이상의 매출액을 유지해야 하는데 영업 팀장은 다른 직원보다 당연히 매출 실적이 좋아야 한다. 스포츠 센터 SNS와 블로그에 운동에 관한 포스트를 올리는 잔무도 추가된다. 동시에 지금까지 해 왔던 사우나 청소 같은 잡무도 계속한다. 일손이 모자란다는 이유에서였다. 반면 GX 요가 강사료는 더 이상 받을 수 없다. 근무 시간 중에 수업하기 때문에 강사료를 따로 지급하지 않아도 된다는 것이 변호사의 자문이라고 했다.

"요가를 가르치고 싶어 하는 것 같은데 내가 생각해도 선생님 소리를 들으면 좋긴 하겠지요. 영업 팀장이 되면 요가 수업쯤 얼마든지 할 수 있도록 해 주겠습니다."

대표가 앉아 있는 소파 옆 보조 테이블에는 그가 다이어트한다면서 매일 먹고 있는 삶은 달걀 한 판이 놓여 있었다. 나는 그에게서 풍기는 입냄새를 조금이라도 덜 맡으려고 고개를 숙이고 손가락으로 코를 문질렀다.

어째서 이런 부류의 사람들이 정신병원에 격리되지 않고 태연하게 돌아다니면서 뻔뻔한 소리를 지껄이는지 알 수 없었다. 도대체 우리 사회의 어떤 광기가 최저 시급을 받는 노동자에게 팀장급 성과를 기대한다는 말을 할 용기를 주는 걸까? 갑자기 스포츠센터를 그만두게 되어 요가 수업을 받던 회원들에게는 미안한 마음이었다.

여름이 끝나 갈 무렵 나는 근처 아파트 단지 커뮤니티 센터에서 주 2회 요가 수업을 맡았다. 나중에 그곳은 아파트 편의시설을 운영하던 사설 업체와 입주민의 갈등으로 문을 닫았지만 얼마 지나지 않아 다시 두 군데 아파트 커뮤니티 센터와 주민센터에서 수업을 맡을 수 있었다.

이듬해 나는 신도시를 떠나 더 먼 지방 도시에서 요가를 가르쳤고 그해 여름 서해의 어느 섬에서 요가 수업을 개설했다.

물라다라 차크라

MULADHARA CHAKRA

우리 몸에는 일곱 개의 '차크라'(p162)가 있다.
첫 번째 차크라, 물라다라는 삶의 짐을 견디는 힘이다.
물라다라가 강한 사람은 세상 어디에
홀로 떨어져도 생존할 수 있다고 한다.

세상 어디에서라도 살아갈 힘

바닷가 마을 요가원은 간판이 없었다. 간판뿐 아니었다. 칸막이벽을 세우고 데코 타일을 시공한 요가원에는 탈의실도, 로커도, 심지어 거울도 없었다. 언뜻 텅 빈 창고와 다르지 않았다. 현수막을 보고 찾아온 주민들은 테이블과 의자가 놓인 썰렁한 공간을 둘러보면서 "아무것도 없네요."라며 실망을 감추지 못했다. 나는 복잡한 심정으로 "그렇네요. 아무것도 없네요"라며 웃었다.

원래 이곳은 보습학원이 있던 자리였다. 건물 주인은 예전처럼 2층 전체를 호기롭게 사용할 임대인이 나타나길 끈기 있게 기다리다가 결국 100평이 넘는 공간을 반으로 잘라 나에게 임대했다. 그래도 여전히 넓었다. 임대료도 저렴하지 않았다. 이곳은 외진 섬이었지만 인근 도시보다 부동산 가격이 비쌌다. 읍내에서 쉽게 찾을 수 있는 공인중개사 사무실은 시골 땅을 매입하려는 부유한 도시 사람이 아니면 고객을 반기지 않았다. 요가 수업을 할 수 있는 장소는 더더욱 찾을 수 없었다.

❀

바닷가 마을에 도착하기 전 나는 동해와 서해의 작은 도시에서 한두 달 짧게 요가를 가르쳤다. 주 20~25시간 이상 수업하는 고된 일자리였다. 아침 두 시간, 저녁 세 시간 수업은 야근하는 직장인의 노동 강도와 비슷했다.

지방의 요가 수업은 대도시와 사뭇 달랐다. '요가'라는 단어를 빌려왔지만 실질적인 요가 인프라가 아직 그곳까지 닿지 못하고 있었다.

수강생들은 천둥 같은 음악에 맞춰 몸을 요란하게 흔들어댈 기대를 품고 수업을 찾았다. 어느 중년 수강생은 모처럼 초등학생 딸과 함께 신나게 요가하고 싶어서 왔는데 이렇게 지루하면 어떡하냐며 요가원 대표에게 따져 물었다. 지금까지 요가를 배우면서 신났던 기억은 없었다. 도대체 어떤 요가를 하면 신날 수 있을까? 요가 강사로 계속 일하기 위해 신나는 요가를 배워야 한다고 생각하니 도무지 신이 나지 않았다.

수강생들은 만트라(음성으로 하는 명상) 음악이 흐르거나 아예 음악을 틀지 않는 생소한 요가 수업에 기함했다. 어떻게 음악도 없이 누워 있을 수 있느냐며 다들 낫을 들고 분연히 일어날 기세였다. 보다 못한 안내 데스크 직원이 흥겨운 팝이나 댄스곡을 건물 밖까지 쿵쿵 울릴 정도로 틀어 놓으면 좋아할 거라고 귀띔해 주었다. 나중에 서울로 워크숍을 다니면서 지방 강사들과 잡담을 나눌 기회가 있었는데 부산의 어느 강사는 사바아사나(송장 자세)를 했다가 "이게 무슨 요가냐"는 수강생들의 성화에 쫓겨나는 수모를 겪었다고 했다. 나도 아도 무카 스바나아사나(얼굴을 아래로 향한 개 자세)를 가르쳤다가 한 달 만에 요가원을 그만두어야 했다.

그때 섬에서 매일 시외버스를 타고 요가 수업을 받

으러 오던 어느 60대 수강생이 바닷가 마을에서 수업을 개설해 줄 수 있겠냐고 물었다. 읍내에 자신이 소유한 건물이 있는데 2층을 대여해 주겠다고 했다. 마침 원주의 어느 요가원에서도 수업을 맡아 달라고 했다.

서해의 섬과 강원도 원주시, 대한민국 지도로 화면을 꽉 채운 모니터를 뚫어지게 바라보았다. 이제 두 곳 중 어디로 가야 할까. 깊게 고민하진 않았다.

❁

우연처럼 시작한 바닷가 마을의 요가 수업은 서른 명 남짓한 수강생과 함께 의외로 꾸준하게 지속되었다. 6개월이 지나서는 정식으로 요가원을 개업할 수 있었다. 본격적으로 홍보를 하면 회원 수가 늘지 않을까 내심 기대했지만 매출이 크게 늘진 않았다. 반면 대출금 이자를 비롯해 지출이 빠르게 불어났다.

요가원 운영은 시간이 지나도 적응되지 않는 숫자의 연속이었다. 이번 달을 무사히 넘길 수 있을까 고민하다 보면 벌써 한 달이 지나갔다. 수익은커녕 임대료를 내는 것조차 버거웠다. 첫 번째 요가원은 대부분 파산이고 두 번째부터 제대로 운영할 수 있었다는, 농담처럼 흘려보냈던 말들이 비로소 피부에 와닿았다.

처음에는 운영이 잘되면 간판도 달고 인테리어도 제대로 해야지, 생각했다. 50평이나 되는 요가원 공간 중에 절반이 활용되지 못하고 비어 있었다. 개인 작업실이나 수강생을 위한 휴식 공간으로 사용해도 좋을 것 같았다. 그러나 석 달이 지나기도 전에 그럴 가능성이 전혀 없다는 사실을 깨달았다. 자본력이 생긴다고 비용을 투자하긴 어려웠다.

바닷가 마을은 도시처럼 기능적으로 구획되어 있지 않았다. 주민 대부분이 광활한 섬 전체에 쌀알을 뿌린 것처럼 드문드문 떨어져 살고 있었다. 해변에서 펜션을 운영하는 사람들은 읍내까지 나오는 일이 쉽지 않았다. 겨울이 되어 눈이 쌓이면 외부로 나올 수 없는 지역도 있었다. 여름이 가까워지면서 수업을 찾는 사람은 더욱 줄었다. 지역 축제가 시작되었고 한철 장사를 준비하는 시기와 맞물려 요가원은 평소보다 한산했다. 성실하게 자리를 채우던 수강생들도 관광 성수기로 접어들자 더는 얼굴을 볼 수 없었다. 요가원이 문을 여는 시간도 조금씩 짧아지기 시작했다. 수강생들은 수업을 늘려도 시원치 않을 판에 영업시간을 줄이면 어떡하냐고 혀를 찼다.

바닷가 마을 주민들은 사업에 능숙했다. 요가원을 어떻게 운영해야 하는지 나보다 잘 알고 있었다. 적어도 1년 동안은 수강생이 없어도 하루 종일 문을 열어 놓아야 한다고 조언했다. 도대체 장사할 마음이 있느냐고 쓴소리를 서슴지 않았다. 한편 날씨가 풀리면 혹은 찬바람이 불면 이제 곧 수강생이 늘어날 것이라고 사기를 북돋아 주었다. 이곳은 한번 입소문이 나면 사람들이 몰려든다고, 수업이 잘돼서 돈방석에 앉게 될지 누가 알겠냐고 했다. 나는 "그렇겠죠?"라고 대꾸했지만 수업 시간을 조금씩 줄여나갔다.

돈은 중요하다. 사업은커녕 돈에 대한 사리 분별이 어두운 나는 항상 돈에 대해 생각하려고 한다. 매달 대출금과 임대료를 내려면 돈을 벌어야 한다. 그러나 애초에 큰돈을 벌고 싶은 사람이라면 이렇게 작은 바닷가 마을에서 요가원을 열 생각 따위는 하지 않았을 것이다.

나는 연고도 없는 낯선 섬에서 대체 무엇을 하고 싶었던 걸까? 바닷가 마을 요가원은 내게 독립적으로 요가를 가르칠 수 있는 공간을 주었고 더는 피용인으로 거북한 일을 겪지 않도록 해 주었다. 그게 전부였지만 그것이야말로 가장 중요했다. 처음부터 돈을 많이 벌겠다거나 요가를 가르치는 일에 목숨을 걸겠다는 부단한 각오는 없었다. 요가원 수강생들은 내게 언제까지 바닷가 마을에서 요가를 가르칠 생각이냐고 자꾸 물었다. 나도 변함없이 대답했다.

"사람들이 요가 수업을 찾지 않을 때까지요."

운영을 할 수 없을 정도로 수강생이 줄어든다면 요가원은 당연히 문을 닫게 될 것이다. 주민들이 더 이상 찾지 않는다면 요가원도 나도 이곳에 머물 이유를 잃게 될 것이다.

요가원 창문에 드디어 로고와 전화번호를 붙인 것은
개원하고 10개월이나 지난 후였다.

사바아사나

SAVASANA

'자기 자신을 만나기 위해 자신을 버려야 한다.'
오래전에 이 말을 들었을 때 언뜻 이해하기 어려웠다.
지금에 이르러 삶이 죽음 위에 서 있음을 깨닫는다.
사바아사나는 '송장 자세'라는 뜻이다.

결함을 가진 나 자신을 받아들인다는 것

　요가를 가르치면서 암으로 투병하는 사람들을 어렵지 않게 만났다. 다행스럽게도 요가를 할 수 있을 정도로 건강을 유지하고 있는 초기 환자들이었는데 대부분 완치 판정을 받았다. 그들 사이에 눈에 띄는 공통점은 없었다. 아마 나를 비롯해 누구라도 암에 걸릴 수 있다는 의미일 것이다.

　바닷가 마을 요가원을 찾은 오십 대 수강생 은미 씨도 갑상샘암 진단을 받고 벌써 10년째 투병 중이었다. 그녀는 천천히 목을 돌리는 기초 동작부터 어딘가 부자연스러웠다. 정작 본인은 통증이나 불편함을 느끼지 못한다고 했다. 이상한 일은 아니었다. 원래 요가 초보자는 자신의 몸에 대한 감수성이 터무니없이 부족하기 마런이었다.

나도 크게 다르지 않았다. 이혼 직후 신촌에 위치한 요가원을 찾았을 때 나를 가르쳤던 요가 선생님은 내 몸을 보면서 어디서부터 시작해야 할까, 호흡은 제대로 할 수 있을까 한숨을 쉬었다고 한다. 나중에 그 말을 전해 들었을 때는 이미 요가 지도자 과정을 마친 후라서 별다른 타격이 없었다. 하지만 그때 나를 바라보던 요가 선생님의 눈에 그저 웃어넘기기 어려운 무엇이 담겨 있었다고 기억한다. 아마 지나치게 방어적이었던 나를 불편하게 여겼던 게 아닐까 싶다.

은미 씨는 요가를 가르치는 입장에서 난감하기 짝이 없는, 이른바 문제적 회원이었다. 심각한 질환을 가지고 있어서가 아니었다. 좀처럼 마음을 열지 않고 자기 고집대로 행동했기 때문이었다. 나로서는 몹시 신경이 쓰였다.

가르치는 일은 제품을 판매하는 일과 같지 않았다. 사람은 누구나 타인이 시키는 대로 억지로 해야 하는 상황을 질색한다. 동시에 누군가 강력하게 자신을 이끌어주기를 원한다. 가르치는 사람은 수강생의 이런 양가적인 욕구에 현명하게 대처해야 하는데 나는 강사로서 노련함이 부족했고 은미 씨는 그 사실을 금방 알아차렸다.

두 달이 지나서 은미 씨의 예후가 좋지 않다는 말을 전해 들었다. 갑상샘에서 시작된 암이 폐로 전이되어 뇌까지 영향을 주고 있었다. 암의 위치가 까다로워 수술도 어렵다고 했다. 은미 씨는 여전히 수업에 집중하지 못했다. 당연하겠지만 그녀는 건강해지기 위해 최선을 다하는 중이었다. 매일 사우나와 등산을 다녔고 풍선을 불면 폐에 좋다는 소리를 듣고 풍선 한 박스를 구입하기도 했다. 그게 실제로 도움이 될지는 차치하고서.

어느 날 은미 씨와 단둘이 있을 때 경추와 고관절 동작이 부자연스럽다고 지적했다. 그러자 은미 씨가 발끈했다.

"제가 원래 골반이 일자라 잘 안되는 거예요. 못하는

게 아니라 원래 그래요. 예전에 산부인과 의사가 그러더라고요."

이유가 뭐든 굳어 있는 관절 부위부터 조금씩 움직이는 기초 동작이 중요하다고 말했다. 그러자 은미 씨는 언성을 높였다.

"원래 그런 거라고요. 의사가 그랬다니까? 그러니까 나한테 이래라저래라 하지 말아요."

그녀는 자리에서 일어나 계단이 쩌렁쩌렁 울리도록 되풀이 말했다.

은미 씨는 수업을 신뢰하지 못하고 있었다. 마찬가지로 내 쪽에서도 그런 은미 씨에 대한 애정이 생기지 않았다. 애초에 그 점이 문제였는지도 모른다. 누군가 이해할 수 없는 행동을 반복한다면 그 기저에는 대개 존중과 애정에 대한 갈망이 자리 잡고 있다. 우리가 금액을 지불하는 이유도 필요에 의해서가 아니라 관심과 애정을 얻기 위해서인 경우가 적지 않다. 아마 은미 씨는 애정을 받는 일이 고객의 정당한 권리라고 여겼는지도 모르겠다.

루쉰의 소설 『아Q정전』에 '정신 승리법'이란 말이 나온다. 사람들에게 멸시를 당하는 아Q는 분하다고 느끼는 대신 스스로 이겼다고 여긴다. 소설 속 아Q뿐 아니다. 누구에게나 현실에서 도피하고 싶은 비루한 마음이 있다. 현실의 나는 머릿속에서만 존재하는 이상적인 나와 사뭇 다르다. 결함이 있는 나 자신을 있는 그대로 바라보는 일은 쉽지 않다. 현실의 나를 차마 냉정하게 바라볼 수 없을 때 우리는 아Q가 된다.

은미 씨는 감수성이 떨어지는 자신의 몸 상태를 끝까지 인정하지 못했다. 본인은 그런 고집스러운 태도 때문에 암 진단을 받고도 10년 동안 생존할 수 있었노라 여기는지 모른다. 하지만 정신 승리법은 근본적인 해결책이 되지 못한다. 오히려 문제를 대하는 가장 어리석은 방법이 되기도 한다.

은미 씨가 언성을 높였을 때 나는 그녀의 눈을 보면서 으스스한 기분이 들었다. 사람의 눈동자에서 그런 느낌을 받은 적이 없기에 시간이 흐른 지금까지 인상에 남아 있다. 그녀의 눈은 바닷가 마을 생선 가게 좌판에서 익숙하게 보았던 것과 비슷했다. 차갑게 가라앉아 회색처럼 보였던 눈이었다. 은미 씨는 생존을 위해 최선을 다하고 있었지만 그 눈은 이미 죽어있었다.

나 역시 이혼 소송이 진행되는 3년 동안 저런 눈빛을 하고 있었을 것이다. 그때 나는 그저 버티고 있었다. 이혼을 한 것도, 하지 않은 것도 아닌 중간 어디쯤에 꽉 끼어 앞으로 나아갈 수도, 뒤로 물러설 수도 없었다. 모든 상황을 별거 아니라고 여기면서 등산과 트레킹을 다녔고 바리스타 과정을 이수했고 재봉 교실에서 스커트와 블라우스를 만들었고 제임스 조이스의 『율리시스』를 읽었고 두 권의 책을 출간했다.

나는 끊임없이 무언가를 했다. 그런데도 도무지 앞으로 나아갈 수 없었다. 내 인생에서 그 3년의 시간은 쓰레기통에 버려진 것과 다름없었다. 어두운 터널 같은 시간이 지나 새로운 장소로 이사하고 나서야 비로소 바닥까지 떨어진 몸과 마음을 인지할 수 있었다.

그때까지 내 몸 상태가 그 정도로 엉망이리라곤 짐

작하지 못했다. 사람들은 자신의 몸 상태에 대해 의외로 둔감하다. 생각보다 많은 이들이 호흡이 어려울 만큼 등어깨가 굽었거나 골반이 틀어졌거나 근육이 경직되는 등 각자의 결함을 가지고 있다. 그중 일부는 운동하기 어려울 정도로 기력이 떨어져 있는데도 스스로 알아채지 못한다.

가장 어려운 첫 번째는 자신의 상태를 인지하는 것이다. 우리는 달라진 자신을 받아들이는 일에 미숙하다. 다이어트가 그토록 어려운 이유기도 하다. 인류는 벌써 백 년 전에 기아에서 벗어났지만 아직도 풍요의 시대를 받아들이지 못하고 있다.

운동 초보자일수록 "예전부터 운동을 잘했다"는 말로 기능이 떨어진 자신의 몸을 일시적인 현상으로 치부한다. 마음만 먹으면 언제든 그 시절의 몸으로 되돌릴 수 있다고 여긴다. 우리 몸이 시간에 의해 영구적인 손상을 입는다는 당연한 사실을 쉽게 잊어버린다.

점점 견고해지는 정신 승리는 당장의 좌절감을 피해 갈 수 있지만 미래까지 저버리게 만든다. 오늘의 나는 어제의 나와 같을 수 없다. 오늘의 나보다 더 나은 내일의 나를 만드는 건 스스로 사고의 닻을 어디에 내리느냐에 따른다.

나의 진짜 모습이 초라하게 느껴지는 것은 당연하다. 나를 개선하려는 의지도 언제나 실망에서 시작되는 법이다.

파스치모타나아사나

노력하지 않는 것이 더 좋은 아사나다.
이 자세를 할 때 등을 동그랗게 말고
몸을 앞뒤로 흔들면서 발끝을 잡으려고 하지 말자.
세상에는 애쓰지 않아도 괜찮은 것들이 있다.

노동을 멈추지 못하는 삶

바닷가 마을에는 병원이 여러 군데 있다. 서점도, 동물병원도 없는 작은 섬마을인데 눈을 돌리는 곳마다 병원 간판이 들어온다. 읍내에는 4층 건물을 모두 사용하는 규모가 제법 큰 병원도 있다.

정작 바닷가 마을 사람들은 급한 경우가 아니면 읍내 병원을 찾지 않는다. 병원 갈 일이 생기면 차로 30분 이상 걸리는 큰 읍이나 그보다 먼 인근 소도시로 나간다. 읍내 병원을 찾는 사람들은 주로 나이 많은 노인들이다.

병원만큼 흔하게 눈에 띄는 약국에서 마주치는 바닷가 마을 노인들은 놀랄 정도로 많은 약을 구입한다. 마치 마트에서 장을 보는 것처럼 비닐봉지 가득 약을 담아 양손에 들고 굽은 등으로 힘겹게 약국 문을 나선다. 그 많은 약이 고작 일주일 분이다.

　바닷가 마을에서 나는 노년의 삶을 실감할 수 있었다. 계절이 바뀔 때마다 장례에 관한 화제가 끊이지 않고 들려왔다. 바닷가 마을 요가원의 수강생들은 주로 삼사십 대 여성이었다. 육십 대 수강생은 활달한 성격에 체력이 좋은 윤자 씨가 유일했다. 윤자 씨는 또래 친구들과 함께 요가 수업을 찾았다. 골골대는 또래 친구들의 모습이 싫어서 윤자 씨가 모두를 데리고 왔다고 했다.

　윤자 씨 말처럼 그녀들의 신체 컨디션은 그리 양호하지 못했다. 실버 요가 수업을 따로 개설해야 할까 고민될 정도였다. 그런데 시간이 지나면서 윤자 씨를 제외하고는 모두 바쁜 일을 핑계 삼아 더는 수업에 나오지 않았다. 바닷가 마을 요가 수업 방식이 나이 지긋하신 수강생에게 그리 친절하지 않았던 모양이다.

　건강해지고 싶다는 목적이 분명한 삼사십 대와 달리 노년의 수강생은 사교 활동이 전제되지 않으면 금방 흥미를 잃는 것 같았다. 어린이와 노인에게 요가를 가르칠 때는 수업 내용보다 먼저 친밀하게 신뢰를 쌓는 기술이 필요하다. 물론 나에게 그런 상냥한 기술이 있을 리 없었다.

일이 바쁘다는 핑계도 틀린 말은 아니었다. 이제 집에서 농사나 짓고 가사나 하겠노라 당당하게 말하는 사람은 윤자 씨 외에 아무도 없었다(농사와 가사 노동이 그렇게 쉬운 일이었는지는 모르겠지만). 농번기가 되면 윤자 씨는 하루 종일 밭에 나가느라 수업에 나오지 못했다. 그러다가 한두 달 지나서 수확한 농산물을 한 아름 들고 왔다. 식구끼리 먹으려고 조금밖에 심지 않았다지만 건네주는 양배추는 한 번에 가져갈 수 없을 정도로 많았다.

유유자적한(?) 윤자 씨를 제외하면 바닷가 마을 여자들은 모두 부지런하게 일한다. 육십 세, 칠십 세가 되어도 바쁘게 돈을 번다. 펜션 혹은 식당을 운영하거나 아니면 그곳에서 근무한다. 각종 박람회가 열리는 계절이면 시간제 직원이 된다. 마트나 편의점에서 판매원으로 일하는 수강생과 마주치는 경우도 종종 있었다. 다들 잠수 기술을 배워 해산물을 채취하거나 작은 땅이라도 가지고 있으면 농작물을 심었다. 도시와 동떨어진 시골 마을에서는 근면한 노동의 대가가 비교적 정직했다. 덕분에 바닷가 마을 여성들은 호주머니 사정이 넉넉했다.

이름난 관광지인 바닷가 마을은 부유했다. 도시 사람들이 갑자기 몰려드는 바람에 땅값이 천정부지로 오르던 시절이 있었다고 한다. 홍보하지 않아도 예약이 밀려들어 숙박하기가 하늘의 별 따기였다. 서울 강남이 아닌 바닷가 마을에서 나는 온갖 종류의 수입차를 구경할 수 있었다. 심지어 페라리와 포르쉐 동호회가 있다고 했다. 사방이 들판과 산과 바다로 둘러싸인 섬에서 샤넬백을 메거나 페라리를 모는 기분이 어떨까 진심으로 궁금했다. 그에 비해 건강을 위해 시간과 돈을 투자하는 사람은 많지 않은 것 같았다. 다들 운동할 시간이 있으면 돈을 벌어야 한다고 말했다.

바닷가 마을 여자들은 집안일도 소홀할 수 없다고 했다. 평소 외식을 하거나 만들어진 반찬을 사서 먹는 사람은 없었다. 마트에서 파는 반찬과 간편식을 찾는 사람은 모두 외지에서 온 관광객이었다. 섬 주민이 마트에서 반찬을 구입하면 금방 소문이 퍼졌다. 비교적 젊은 세대조차 시부모님을 모시고 살았다. 가사와 육아에만 전념하는 여자들은 매번 "전 아무 일도 하지 않고 있어요"라며 부끄러워했다.

❀

초등학교 2학년, 4학년 두 명의 아들을 둔 사십 대 수강생 수진 씨는 몇 년 전 유방암 진단을 받고 쉽지 않은 수술과 항암 치료를 받았다. 다행히 결과가 좋아 한 달에 한두 번 서울을 오가면서 예후를 지켜보는 중이라고 했다.

수진 씨의 친정 부모님과 시부모님은 모두 바닷가 마을 토박이였다. 수진 씨는 시부모님댁을 가까운 거리에 두고 있는데 시부모님 건강이 좋지 않다고 했다. 시어머니는 이미 오래전부터 거동이 불편했고 이번에는 시아버지까지 노환으로 입원하게 되었다. 수진 씨는 아무래도 시부모님을 모셔야 할 것 같다고 걱정했다. 손이 많이 가는 두 아들을 양육하면서 건강을 회복하고 있는 수진 씨에게 시부모님 뒷바라지는 고된 업무가 될 것이다. 나는 비교적 풍족한 그녀에게 왜 가사도우미를 고용하지 않느냐고 했다. 그러자 수진 씨와 주변에 있던 수강생들이 눈을 동그랗게 뜨고 나를 보았다.

"사지 멀쩡하게 놀고먹는 제가 있는데 어떻게 가사도우미를 고용하나요. 이곳에서 가사도우미를 고용하는 사람은 아무도 없어요. 시부모님이 허락하신다고 해도 다들 뭐라고 할 거예요."

더는 입을 열지 않았다. 바닷가 마을에서는 페라리를 몰고 다녀도 상관없지만 가사도우미를 고용하는 일만큼은 허용되지 않는 것 같았다.

아영 씨도 수진 씨와 마찬가지로 초등학교에 다니는

두 아들이 있다. 시부모님과 대가족을 이루고 사는 그녀는 집안 살림과 육아를 전담하면서 동갑내기 남편과 함께 바닷가 펜션과 읍내 베이커리를 운영한다.

바닷가 마을 주부들이 그렇듯 아영 씨의 가사 노동량은 만만치 않다. 매일 계속되는 집안일과 크고 작은 가족 행사를 챙기는 것은 물론, 김장철이면 200~300포기씩 김치를 만들어 시누이들에게 나눠 준다. 그 와중에 지역 사회 모임과 학부모 모임도 빠뜨리지 않는다. 아영 씨의 일과를 들여다보면 감탄이 나온다. 일이 너무 많은 것 아니냐고 하자 옆에 있던 아영 씨의 친구 선경 씨가 핀잔을 준다.

"얘가 무슨 일을 해요. 전 오늘도 밭에서 수확한 감을 몇 상자나 날랐는지 몰라요. 그거에 비하면 얘네 일은 일도 아니에요."

부지런하게 일하는 바닷가 마을 여자들을 보면 존경심이 우러나온다. 나도 오늘 하루 허투루 보내지 말아야지, 긴장하게 된다. 그런데 한편으로는 열심히 산다는 건 대체 어떤 삶을 의미하는 걸까, 생각하게 된다.

내게는 충분한 휴식도 열심히 사는 일에 포함된다. 열정적인 삶이란 노동을 멈추지 못하는 삶이 아니다. 몸과 마음이 망가지는 과도한 노동과 한계를 늘려가는 노력은 구분되어야 한다.

아영 씨는 이미 삼십 대 초반에 허리 디스크 판정을 받고 심해지는 통증을 완화하는 시술을 받았다. 벌써 1년이 넘게 요가 수업에 출석하고 있지만 마음처럼 쉽게 건강이 좋아지지 않는다. 늘 일에 쫓겨 지친 몸으로 수업에 오는 날이 잦았고 급기야 오른쪽 어깨와 목의 통증을 호소했다. 오른팔을 머리 위로 들지 못할 정도로 어깨가 불편하다고 했다. 특히 팔을 뒤로 보내는 동작을 어려워했다. 과도한 사용으로 손상된 근육을 되돌리는 가장 좋은 방법은 근육을 쉬게 해 주는 것이다.

바닷가 마을에서 고구마 수확이 한창인 어느 날 아영 씨가 내게 고구마를 주우러 가자고 했다. 섬에는 크기가 작거나 모양이 나빠 팔 수 없는 고구마를 밭에서 그냥 주워 가도록 하는 농가가 많았다. 하루 종일 고구마를 주우면 겨울 한철 넉넉하게 먹을 수 있었다. 나는 아영 씨에게 말했다.

"고구마, 그냥 마트에서 사서 드시고 그날 하루는 좀 쉬세요."

물론 그녀가 그렇게 하지 못하리라는 걸 알고 있었다.

숩타 파완묵타아사나

허리가 아플 때마다

숩타 파완묵타아사나로 허리를 곧게 누르면서

어차피 허리가 끊어질 정도로 일해야 한다면

적어도 좋아할 수 있는 일을 하고 싶다고 생각했다.

누구를 위하여 일을 하나

　바닷가 마을의 요가 수업은 주 9시간이다. 처음 요가원을 열었을 때 20시간까지 수업을 했지만 전단지를 돌리고 현수막을 걸어도 좀처럼 수강생이 늘지 않자 고민 끝에 수강생들의 평균적인 일과에 맞춰 하루 두 시간만 운영하기로 했다. 일이 바빠서 매일 정해진 시간에 올 수 없으니 아무 때나 출석할 수 있도록 수업을 늘려 달라는 요청에도 회원이 몇 명 되지 않는다는 핑계로 거절했다.

　수강생의 편의보다 자기를 먼저 생각하는 나의 태도는 바닷가 마을에서 금방 입방아에 올랐다. 사람들은 도시에서 온 요가 강사가 콧대 높게 "이까짓 수업 안 하면 그만이지"라고 여긴다고 수군거렸다. 괘씸하게 여겨 수업을 떠난 수강생도 적지 않았다. 온건한 사람들은 남는 시간에 수업을 개설하는 편이 낫지 않겠냐고 충고했다. 어차피 임대료는 똑같은데 아깝지 않느냐고 했다. 그들의 말은 틀리지 않았다. 요가원 운영은 거친 일이었고 사업을 유지하기 위해서 악착같이 돈을 벌어야 했다. 어느 수강생은 서너 살 아이를 둔 젊은 엄마들이 많으니 휴게 공간에 탁아시설을 꾸리면 회원이 늘어날 거라고 말해주었다. 나는 고개만 끄덕였다. 머리를 모아 궁리해 주는 수강생들의 마음 씀씀이가 고마웠다.

❀

도시에서의 일을 깨끗하게 정리하기로 결심했을 때 앞으로 무슨 일을 얼마나 할 수 있을까 고민했다. 어느덧 중년이 된 내가 자본 없이 새롭게 시작할 수 있는 일은 없었다. 유라 씨와 아영 씨의 쉴 새 없이 일하는 삶은 결정권을 가지고 자율성을 보장받는다는 점에서 그나마 행복한 축에 속한다. 운이 좋지 못한 사람들은 저

임금 저숙련 노동에 시달리는 시간제 노동자 '프레카리아트'의 삶을 살 수밖에 없다.

가능하면 그런 일을 하고 싶지 않았다. 누구라도 다리가 퉁퉁 붓고, 팔이 저리고, 어깨가 빠질 듯 아프고, 관절 부위가 마모되고, 기력이 쇠진하고, 정신적으로 극심한 스트레스에 시달려야 하는 직업을 원하지 않을 것이다. 몸과 마음이 극심하게 소모되는 노동은 이미 직업이 아니라 피할 수 없는 곤경이다. 원래 인생은 곤경과 함께 살아가는 법이라고 해도 그런 노동에 정당함을 부여할 순 없다.

노동에 짓눌린 삶은 쉽게 질병과 연결된다. 노년이 되면 심해지는 통증을 달래기 위해 병원에 드나들며 약물에 의존한다. 그렇게 10년 더 일한다면 몸은 더 이상 기능하지 않는다. 일하지 않으면 굶어 죽고 일하면 병들어 죽는다. 어느 쪽이건 삶은 의미를 잃는다.

대다수 사람이 그렇듯 나 역시 노동하지 않아도 되는 운 좋은 극소수에 속하지 못했고, 부단하게 일하는 삶을 피할 수 없다. 그렇지만 나의 수고를 어디에 쏟아

부어야 할지, 비록 폭이 좁지만 내게는 아직 선택할 수 있는 자유가 남아 있었다.

　나는 열심히 일하는 사람들, 보이지 않는 곳에서 인내하면서 살아가는 사람들의 수고와 땀을 폄하하고 싶지 않다. 스스로 밤새워 일했고 먼 길을 돌아갔던 시간을 후회하지 않는다. 그 시절에는 내가 가진 가능성을 알고 싶었다. 지금도 최선을 다하면서 살고 싶다. 그러나 몸과 마음이 상하지 않는 일이 어디 있냐는, 모두 하기 싫어도 억지로 참는 거라는, 당신이라고 특별하지 않다는 타인의 말에 더 이상 귀 기울이지 않는다. 몸과 마음이 상하는 일이란 그 일이 제대로 된 일이 아니라는 방증이며 인생에서 하기 싫어도 참고 해야 하는 일은 누구도 아닌 나 스스로 결정해야 한다.

차트랑가 단다아사나

팔굽혀 펴기와 비슷하게
몸을 곧게 바닥으로 내리는 아사나다.
단련된 어깨와 코어 근육이 필요하기 때문에
많은 여성 수련자가 어려워한다.
자세를 완성하기까지 시간이 소요되지만
지치지 말고 계속해야 한다.

사랑하면서 동시에 절망하지 않는다

매주 목요일 고속버스를 타고 서울로 향했다. 요가 수업을 받기 위해서였다. 언뜻 의아할 수 있지만 요가 강사도 요가를 배운다. 모든 직업이 그렇듯 초보자와 숙련자 사이에는 범접할 수 없는 강이 흐르기 마련이고 능숙한 요가 강사가 되는 유일한 방법은 경험을 쌓으면서 배우는 것뿐이다.

강사 1~2년 차까지 나는 수업 시퀀스를 외우는 것만으로도 정신이 없었다. 강사 3년 차가 되면서 그럭저럭 초보 티를 숨기고 수업을 이끌어 갈 수 있었다. 대신 그동안의 밑천이 사라진 것 같은 느낌이 들었다. 보통 이 시기에 워크숍을 찾아다니며 수업으로 번 돈을 모두 탕진하는데 나 역시 그 수순을 밟았다. 한동안 여러 요가원을 돌아다니면서 다양한 요가 워크숍에 참가했다. 하지만 얼마 지나지 않아 유행하는 워크숍을 쫓아다니는 일에 피로와 공허를 느꼈다. 퓨전 요가 대신 정통 요가 수업이라기고 할 수 있는 아쉬탕가 빈야사 요가, 아헹가 요가, 하타요가로 한정해 수업을 다시 찾아보기로 했다.

아쉬탕가 빈야사 요가는 인도 마이솔의 파타비 조이스가 창시한 요가다. 엄격한 규칙이 적용되는 여러 단계의 시리즈가 있는데 '흐르다'라는 의미를 가진 빈야사 동작이 반복되는 프리미어 시리즈가 가장 대중적이다. 아헹가 요가는 인도 푸네의 B. K. S. 아헹가에 의해 창시되었다. 아헹가는 요가 강사라면 누구나 한 권쯤 가지고 있는 요가 필독서 『요가디피카』의 저자다. 그는 파타비 조이스와 함께 요가 스승 크리슈나마차리야 밑에서 요가를 수학했다. 하타 요가는 14세기~16세기경 쓰인 스와트마라마의 요가 경전 『하타요가프라디피카』를 기초로 하는 정통 요가 수업이다. '하타'는 해와 달이라는 뜻이다.

아쉬탕가 빈야사 요가, 아헹가 요가, 하타 요가 수업은 그때까지 테라피 요가를 반복했던 내게 다소 난도가 있었지만 요가를 가르치는 입장에서 숙련도를 높여야 할 때라고 생각되었다.

❀

아난다 선생님의 아쉬탕가 빈야사 요가 프라이머리 수업은 예상보다 훨씬 버거웠다. 나는 강사 3년차에 비로소 시르사아사나(머리로 서는 자세)를 할 수 있었다. 남들에 비해 너무 느린 속도였다. 아쉬탕가 빈야사 요가는 차트랑가 단다아사나(바닥에 손을 집고 몸을 곧게 내리는 자세)로 이어지는 동작에서 점프 스루(두 손으로 바닥을 짚고 몸을 띄우는 연결 동작)를 한다. 아직 리프트 동작을 할 수 없는 초보자는 그냥 뛰어서 두 발을 뒤로 보낸다. 나는 그조차 하지 못해서 한 발씩 걷는 자세로 발을 보냈다. 두 발로 뛴 다음 날이면 일상생활에 지장이 생길 정도로 무릎이 아팠다. 한 번 시작된 통증은 대개 부상으로 이어졌다. 무릎 통증을 방지하기 위해서는 먼저 충분한 근력을 만들어야 했다. 몸의 회복이 우선이었지만 언제까지 기초적인 교정 자세만 반복할 순 없었다.

드디어 두 발로 뛰어도 무릎이 아프지 않게 됐을 때 이제 아쉬탕가 빈야사 요가를 제대로 배울 수 있겠구나, 몹시 기뻤다. 하지만 아난다 선생님에게서 들은 첫마디는 자세가 형편없다는 꾸중이었다.

아쉬탕가 프라이머리 시리즈는 체력적인 부담이 컸다. 제대로 할 수 있는 동작이 없다시피 했다. 나는 몸에 밴 나쁜 버릇과 정확하지 않은 자세로 인해 끊임없이 쓴소리를 들었다. 시르사아사나도 그저 머리로 서는 것이 아니라 흔들림 없이 5분 이상 유지해야 했다. 시르사사나를 끝까지 지속하지 못하는 사람은 나 혼자뿐이었다. 수강생 대부분은 요가 강사였다.

아난다 선생님의 수업을 함께 듣는 30대 후반 요가 강사 미진 씨는 마주칠 때마다 유쾌하게 인사를 건넨다. 그녀는 수업의 모든 동작을 소화했다. 요가를 시작한 지 1년밖에 되지 않았다고 한다.

바닷가 마을에서도 신체 능력이 뛰어난 수강생이 가끔 수업을 찾았다. 그중 대학 휴학 중인 노희 양은 처음부터 건강한 허리와 골반을 가지고 있었다. 경찰 공무원이 꿈이라는 그녀는 어린 시절부터 운동을 아주 잘했다고 했다. 실력도 깜짝 놀랄 정도로 빠르게 늘었다. 한두 달 지나지 않아 시르샤사나를 손쉽게 해냈다. 내가 지난 5년 동안 계속해서 시도하고 있지만 아직도 제대로 하지 못하는 다양한 부장가아사나(코브라 자세) 변형 자세를 한 번에 완성하기도 했다. 몇 달 후 노희 양은 학교가 있는 도시로 돌아가 그곳에서 계속 요가를 배우겠다고 했다.

❀

지난 몇 년 동안 나는 모든 일을 잘하려고 애쓰는 대신 잘할 수 없는 일을 하지 않으려고 했다. 무엇이든 다하려고 한다면 아무것도 할 수 없을 것 같았다. 20년 가깝게 편집 디자이너로 일했지만 무언가 잘못됐다는 생각을 지울 수 없었을 때 내가 할 수 있는 일과 할 수 없는 일에 대한 리스트를 작성했다. 그건 서재를 정리하는 일과 비슷했다. 몇 년이 지나도 읽지 못하는 책은 앞으로도 읽을 가능성이 별로 없었다. 미련을 두지 말고 분리수거했다. 충분히 넓은 공간을 소유한 사람이라면 아무래도 상관없겠지만 내게는 계속해서 책을 늘려도 좋을 만큼의 공간이 없었다.

그제야 나는 조직 안에서 안정적인 커리어를 쌓을 수 있는 타입이 아니라는 결론을 내릴 수 있었다. 턱없이 부족한 분별력처럼 개선할 수 없는 성격적 결함을 어렵게 인정해야 했다.

요가 지도자 과정을 시작했을 때 내가 요가에 소질이 없다는 사실을 염두에 두지 못했다. 오히려 운동에 소질이 없는 사람들의 입장을 잘 이해할 수 있으니 요가 강사로서 유리할지도 모른다고 생각했다. 하지만 신체를 사용하는 일이 이렇게까지 잘되지 않을 줄 미처

몰랐다. 요가를 하기엔 너무 늦은 나이가 아닐까. 반복해도 안 되는 동작을 대체 언제까지 해야 하는 걸까. 조금만 더 일찍 요가를 시작했으면 어땠을까. 왜 건강할 때 건강을 지키지 못했을까…. 이제 와서 해 봤자 소용없는 생각들이 머릿속을 떠나지 않았다. 가능성이 없는 분야에서 공연히 시간과 열정을 낭비하기보다는 차라리 여기에서 그만두는 편이 좋을 것 같았다.

무언가 믿음을 가지고 계속하는 일은 쉽지 않다. 본능에 따라 아무 생각 없이 일에만 몰입하던 시기가 있었다. 그런 시기에는 계속하는 것이 어렵지 않았다. 흔들리는 믿음과 의지를 다잡을 필요가 없었다. 어느 순간 손에 쥔 결과가 모래알처럼 사라졌을 때 이것이 과연 맞는 길이었나, 자문할 수밖에 없었다. 그만두는 일은 부끄럽거나 어리석은 일이 아니다. 그렇지만 한편 억울하고 분했다. 하필 나에게만 결핍되었다고 여겨진 것들, 재능이나 운이 없다는 사실이 원통하게 느껴졌다.

아헹가는 요가를 하는 사람은 마치 사랑하는 사람을 애타게 기다리지만 결코 절망하지 않는 연인과 같은 자세를 가져야 한다고 말했다. 도시에서 수업을 마치고 바닷가 마을로 돌아오는 고속버스 안에서 나는 그의 말을 되뇌었다.

'사랑하면서 동시에 절망하지 않는다.'

우르드바 다누라아사나

우르드바 다누라아사나는
'위를 향하는 활 자세'라는 뜻이다.
궁극의 허리 유연성이 필요한 아사나다.

온 힘을 다해 크게 휘두르다

원룸에서 바닷가 마을 요가원까지 도보로 5분~10분 남짓 걸린다. 직선으로 이어진 소방 도로변을 따라 하루에 두 번, 수업 시간에 맞춰 요가원으로 향했다. 겨울에는 한 시간 전에 도착했다. 난방기를 미리 틀어놓아야 실내 온도를 따뜻하게 올릴 수 있었다. 요가실 내부는 창문 밑에 쭉 늘어선 요가 매트 외에 아무것도 없는 공간이라 청소도 금방 끝났다.

그때부터 수강생들이 도착하기 전까지 요가실에서 부장가아사나(코브라 자세)를 했다. 아쉬탕가 요가가 고난이었다면 허리를 뒤로 젖히는 후굴 동작은 공포에 가까웠다. 나뿐만 아니었다. 허리 통증을 겪었던 사람이라면 두려운 요가 자세 중 하나가 바로 후굴일 것이다. 나는 과거에 앓았던 허리 질환으로 결국 후굴을 포기한 강사 몇 명을 바로 떠올릴 수 있다.

신촌 요가원에서 회복 요가를 가르쳤던 선생님도 건강한 첫인상과 달리 예전에는 걸을 수 없을 정도로 심하게 허리 디스크 질환을 앓았다고 했다. 몸이 아파서 요가를 시작했기 때문에 자연스럽게 회복 요가를 가르치게 되었다고 한다. 경력 15년의 베테랑 요가 강사였지만 후굴과 핸드스탠드(팔로 물구나무 서는 자세)만큼은 하지 않았다.

난도 높은 아사나를 시도하기 위해서는 힘과 유연성이 필요하다. 물론 그 이전에 회복과 치유가 전제되어야 한다. 신체의 가동 범위를 올리기 위해 얼마나 연습해야 하는지도 수련자 스스로 판단해야 한다.

일주일에 한 번 수업을 받으러 서울로 올라온 나에게 아난다 선생님은 몇 가지 숙제를 안겨주었다. 턱없이 부족한 코어 근육을 단련하고, 골반의 유연성을 높이고, 경추 부상에 대한 두려움으로 매번 실패하는 차크라사나를 위해서 몸을 앞뒤로 굴리는 연습을 하라고 했다. 부장가사나는 10분 동안 유지해야 했다.

10분. 엄두가 나지 않았다. 후굴이 익숙하지 않은 나에게 10분은 길었다. 테라피 수업 중에도 다양한 부장가사나를 하고 있었지만 아무리 길게 유지해도 2~3분이 고작이었다.

처음에는 3분으로 시작했다. 일단 3분 동안 자세를 유지한 다음, 호흡 열 번을 들이마시고 내쉬며 딱 그만큼만 더 견뎌보기로 했다. 하나, 둘, 셋, 넷⋯ 열. 소리 내어 세었다. 소리 내지 않으면 금방 포기하게 될 것 같았다. 익숙해지면 다시 열, 또 열까지 호흡에 맞춰서 숫자를 셌다. 반복의 힘은 놀라웠다. 그렇게 열 번의 호흡을 열다섯에서 열여덟 차례 반복할 수 있게 되었을 때 10분으로 맞춰 놓은 타이머가 울렸다.

❁

요가를 하는 사람은 평생 학생으로 산다고 한다. 나역시 요가를 가르치는 강사 이전에 요가를 배우는 사람으로서 언젠가 『요가 디피카』에 실린 모든 아사나를 자유롭게 수련하는 날을 꿈꾼다. 결국 그렇게 되지 못하더라도 지금의 노력이 시간 낭비라고 여기지 않는다.

일본의 경제 버블이 막을 내리던 시절 나는 일본 만화에 푹 빠져있었다. 만화가가 되고 싶어서 아마추어 만화 동아리에 가입했고 팬아트를 그렸다. 돈이 생길 때마다 명동 중국 대사관 앞 수입 서적 책방에서 애니메이션 잡지 〈뉴타입〉과 슈에이샤 출판사의 만화 단행본을 구입했다. 프로 만화가의 어시스트로 일하기도 했다. 만화 공모전에서 한두 번 상을 받았고 순정만화 월간지에 단편 몇 편이 실렸다. 하지만 얼마 지나지 않아 만화가의 길을 포기했다. 출판 만화가 유해 문화로 지정되는 것을 막기 위해 만화가들이 모여 시위를 벌이던 시절이었다. 만화를 그려서 돈을 버는 일이 정말이지 힘에 부쳤다. 그로부터 몇 년이 지나지 않아 좋아하지 않는 일로 돈을 버는 것 또한 그 못지않게 어렵다는 사실을 알게 되었다.

누구나 내 인생의 주인공은 바로 나라고 믿는다. 그

러나 정작 사회의 구속에서 벗어나 모든 것을 나 스스로 결정할 수 있는 사람은 극소수에 불과하다. 학교를 졸업하고 사회인이 되면서 우리는 세상의 일부가 되기 위해 노력한다. 그보다 영민한 부류는 일찌감치 인사이더의 길을 택한다. 그 순간부터 내 인생의 주인공은 더 이상 내가 아니게 된다. 나는 지금의 인류가 구축해 놓은 치밀하기 짝이 없는 시스템을 이해할 순 없었지만 내가 그 거대한 시스템의 미세한 부품으로 일생을 보내게 되리라는 사실만큼은 확실하게 알 수 있었다.

❄

요시다 다이하치 감독의 청춘 영화 〈키리시마가 동아리 활동 그만둔대〉에서 고등학교에 다니는 주인공 히로키가 야구부 주장에게 묻는다.

"다들 3학년 여름이면 부 활동을 그만두는데 왜 주장은 계속하나요?"

야구부 주장이 대답한다.

"드래프트가 끝날 때까진 계속하려고."

"스카우트 제의가 들어왔나요?"

"그런 적 없어. 그래도 드래프트가 끝날 때까진."

그저 마음이 닿았기 때문에 끝까지 할 수 있던 시절이 있었다. 요가 강사가 되지 않았다면 아마 지금처럼 요가를 할 수 없었을 것이다. 어떻게 봐도 적성에 맞지 않는 내가 끝까지 요가를 할 수 있는 가장 좋은 방법은 요가를 가르치는 사람이 되는 것이라고 생각했다. 나로서는 드물게 올바른 판단이었다. 요가를 이렇게까지 계속할 수 있었다는 건 행운과 같은 일이었다.

현실에서는(그리고 영화에서도) 영화 속 야구부 주장이 어느 날 갑자기 스카우트되는 기적이 일어나지 않는다. 하지만 내가 주인공이 되어 도전할 수 있는 시간은 지금이 아니면 다시 오지 않을지도 모른다. 언젠가로 미룬다면 수없이 반복하는 실패를 뒤로하고 오직 나자신을 위해 다시 또 시도할 용기를 내지 못할지도 모른다. 그러니까 지금 이 순간 비록 홈런을 날리지 못하더라도 온 힘을 다해서 크게 휘두르고 싶다.

아르다 마첸드라아사나

ARDHA MATSYENDRASANA

복부를 따뜻하게 하는 아사나다.
음식이 우리 몸이 불을 지필 수 있도록
도와주는 장작 역할을 한다.

내가 먹는 음식이 바로 나

아헹가는 요가를 깊이 수련하기 위해서는 채식을 해야 한다고 말했다. 그 때문인지 요가 수련자 중에는 완전 채식을 선택한 이들이 적지 않다.

요가 수련자는 므르두(약한 수행자)부터 티브라 삼베긴 아디마트라타만(최상의 수행자)까지 4단계로 나뉜다. 나는 수련이 느리고 일정치 않으며 결의가 없는 약한 수행자다. 요가를 가르치면서 그나마 규칙적으로 수련하는 보통 단계 수행자가 될 수 있었는데 아직 깊은 수련에 이르지 못해서인지 요가 수련을 위해 채식을 해야 한다고 여기지 않는다. 대신 요가 강사다운 몸을 만들어야 한다는 강박에 시달린 적이 있다.

요가를 가르치는 일은 몸을 사용하면서 한편 몸을

보여주는 일이다. 꾸준하게 자기 수련을 이어가면서 음식에도 주의를 기울여야 한다.

체중을 줄이려는 사람들이 흔히 그렇듯 나도 탄수화물을 제한하는 단백질 위주의 식단을 택했다. 육류를 비롯해 요거트와 치즈, 두부, 견과류, 많은 양의 샐러드와 달걀을 먹었다. 좋아하는 빵이나 과자는 거의 먹지 못했다. 쌀은 아예 눈길도 주지 않았다. 몇 개월 지나지 않아 요가 강사라고 하기 민망했던 두툼한 뱃살이 사라지고 근육량도 늘었다. 예상보다 훨씬 수월한 다이어트에 고무되어 이대로 계속하면 되겠구나 싶었다.

그런데 어느 순간 감량이 멈췄다. 표준 체중 이하로 몸무게를 낮추려면 먹는 양을 더 줄이거나 탄수화물을 극도로 제한해야 했다. 굶는 식사법은 고통스러웠다. 더 이상의 감량을 포기하고 운동량을 늘리기로 했다. 애초에 단백질 위주 식단을 택했던 건 체중 감량과 함께 체력을 높이고 싶어서였다. 나는 동물성 단백질이 근육을 만들어 주고 체력을 높여 줄 것이라고 기대했다.

하지만 결과는 정반대였다. 수련 시간은 늘어나지 않았다. 오히려 피로감이 가중되었고, 관절 부위가 조금씩 약해졌고, 기억력이 저하되었다. 결정적으로 그해 겨울, 감기를 앓았다. 요가를 시작한 후 매년 찾아오던 감기를 더 이상 앓는 일이 없었다. 그런데 왜 다시 감기에 걸렸을까? 사람들은 단순하게 나이가 들어서라고 했지만 나이가 들어서도 잔병치레 없이 건강한 관절과 기억력을 유지하는 노인은 얼마든지 있다.

운동량이나 과로가 원인이 아니었던 건 확실했다. 운동량은 몇 년 동안 일정했다. 주로 교정을 위한 유연성 자세였다. 연습하지 못하는 사정이 생겨도 2주 이상 공백을 만들지 않았다. 과로에 시달렸던 것도 아니었다. 수강생이 많지 않다는 이유로 수업을 점점 줄여 나가던 중이었다. 주거 환경이 자주 바뀌다 보니 정신적인 스트레스가 컸나 싶었지만 어차피 정신적 스트레스는 어제도 오늘도 내일도 크다.

마지막으로 식단을 바꿔 보기로 했다. 무엇을 먹어야 할까 고민하던 나에게 사람들은 뭐든 골고루 먹어야 한다는 말과 함께 값비싼 건강보조제를 권했다. 화장품 방문판매를 하는 어느 수강생은 획기적인 건강보조제가 출시되었는데 효과가 정말 좋다고 했다. 가격이 수십만 원이었다. 건강보조제를 강력하게 추천하는 수강생들에게 도대체 영양보조제를 몇 가지나 복용하느냐고 되물었다. 종합비타민, 비타민C, 비타민D, 비타민E, 비타민B12, 오메가3, 락토페린, 코엔자임Q10, 루테인, 실리마린, 아르기닌, 히알루론산, 아사이베리, 칼슘, 마그네슘, 아연….

요즘처럼 먹을 것이 넘쳐나는 시대에 적어도 내가 사는 이곳에서 먹지 못해 생기는 병은 없다. 몸에 좋은 음식을 먹는 것보다 몸에 나쁜 음식을 먹지 말아야 한다는 생각은 아무도 하지 않았다. 심지어 무엇을 '먹어야' 살이 빠질까 다들 고심하는 것 같았다.

요가를 접하기 전, NGO 단체에서 동물보호 활동가로 일하면서 1년 정도 페스코(붉은 고기만 먹지 않는 채식주의자)로 살았던 적이 있다. 동물권과 환경 등 정치적인 이유로 텀블러와 장바구니를 들고 다녔고 되도록 음식물을 남기지 않았다. 하지만 끝까지 지속하지 못했다. 햄버거가 너무 먹고 싶었다. 두툼한 소고기 패티가 들어간 수제 햄버거에 대한 열망을 새우버거로 근근이 버티다가 결국 포기하고 말았다.

나는 이번 기회에 육류, 가금류, 해산물, 달걀, 우유 등 모든 동물성 식품을 먹지 않는 비건이 되어 보기로 했다. 무엇을 어떻게 먹어야 하는지는 내게도 풀리지 않는 고민거리였다. 이상적인 식이에 대한 이론은 저마다 달랐고 내 몸을 가지고 실험하려던 것은 아니었지만 결과적으로 이런저런 시도를 할 수밖에 없었다.

내가 선택한 식단은 채식과 더불어 밀가루 음식과 가공식품을 줄이고 자연식물식(WFPB, Whole Food Plant-Based)에 가까운 고탄수화물저지방식(HCLF, High Carbohydrate Low Fat)이었다. 그동안 계속했던 저탄수화물 고단백식과 정반대였다. 일단 6개월 정도 해 보면 식이가 문제였는지 알 수 있을 것 같았다.

채식과 육식, 끝나지 않는 논쟁에서 어느 한쪽의 주

장을 되풀이할 생각은 없다. 현대과학으로도 명확해지지 않은 난제에 대해 평범한 일반인이 내릴 수 있는 결론은 없다. 그저 자기 경험을 통해 자신에게 적용할 수 있는 규칙을 정해 나갈 뿐이다.

완전한 비건으로 식단을 바꾼 이후에도 무릎을 사용하는 아사나를 반복한 다음이면 꽤 오랫동안 관절에 부담감을 느꼈다. 그렇지만 어쨌든 기름 없이 조리한 채소 반찬과 현미밥으로 식단을 바꾼 지 몇 개월 지나지 않아 건강에 대한 고민은 비교적 간단하게 해결되었다. 몇 개월 동안 조금씩 더해지던 무릎 통증이 가라앉았고 수백 번, 수천 번 반복했던 수업 설명이 갑자기 생각나지 않아 더듬거리는 일도 더는 생기지 않았다. 수련 시간은 90분으로 늘어났다.

한편, 동물성 식품을 먹지 않는 식생활은 바닷가 마을 주민들에게 격렬한 반응을 불러일으켰다. 비건 선언은 IS 무장 단체에 가입해 읍내에 폭탄을 터뜨리겠다고 선전포고를 한 것과 다르지 않았다. 이따금 먹을거리를 챙겨 주는 수강생들이 특히 당황스러워했다.

읍내 대형 마트에서 근무하는 수강생 주하 씨는 마트에서 마주칠 때마다 늘 과일을 안겨 준다. 사과, 딸기, 배, 한라봉, 선물용으로 포장된 값비싼 과일도 수시로 건넨다. 받지 않겠다고 손을 저어도 소용없다. 주하 씨뿐 아니었다. 적지 않은 수강생들이 매번 이런저런 먹을거리를 챙겨 준다. 지역 특산품인 커다란 꽃게가 대여섯 마리씩 들어 있는 간장게장을 철마다 가져다주는 수강생도 있고, 요가원 문 앞에 양파 한 봉지를 조용히 두고 가는 수강생도 있다. 옥수수, 감자, 잼, 콩, 곶감…. 수강생들은 도시에서 온 나에게 호기심과 호의를 보이면서 그들의 방식대로 마음을 써 준다. 농사도 짓지 않고 요리도 하지 않는 나로선 받기만 하는 것 같아 늘 고맙고 미안한 마음이었다. 그런데 어느 날 갑자기 "저는 오늘부터 채식주의자가 될 거예요. 그냥 가져가세요"라는 건 할 짓이 아니었다. 가끔은 간장게장과 젓갈이 들어간 김치를 맛있게 먹었다. 그렇지만 조금씩 완곡하게 거절하기로 했다. 바닷가 마을은 소문이 빨랐다.

아영 씨에게 물었다.

"이곳에서 저처럼 먹는 사람은 없겠죠?"

그러자 그녀가 나를 똑바로 바라보면서 말했다.

"여기서 사방 100km 이내에 그렇게 먹는 사람은 없
어요."

그 순간 나와 바닷가 마을 수강생들과의 사이에 뛰
어넘을 수 없는 4차원의 벽이 생긴 것 같았다.

웃티타 트리코나아사나

UTTHITA TRIKONASANA

바르게 선 상태에서
손끝과 발끝이 맞닿아 삼각을 이루는 아사나다.
처음에는 균형을 잡지 못해 자꾸 흔들리지만
이내 익숙해진다.

함께 시작하는 처음

바닷가 마을에서 세 마리 고양이를 키우면서 혼자 사는 싱글 여성이란 그 자체로 생소한 삶의 방식이었다. 나는 지금도 사람들과 어울리는 일을 즐기지 않는다. 요가를 제외하면 타인과 나눌 수 있는 공통의 관심사가 없다. 딱히 취미도 친구도 가지고 있지 않다. 정작 나 자신은 불편함을 느끼지 못하지만 서로 다른 삶의 가치는 때때로 오해를 불러일으키기도 한다.

바닷가 마을에서 요가원을 운영하면서 나는 몇몇 수강생으로부터 '무심하다'라거나 '성의가 없다'는 말을 전해 들었다. 그보다 더 과격한 이야기도 짐작할 수 있었다. 로마에 가면 로마법을 따라야 하는 것처럼 바닷가 마을에서 요가를 가르치려면 마을 주민들에게 다가

가는 것이 먼저였다. 소통이란 결국 타인의 방식을 습득하는 것이다.

그런 면에서 나는 자질이 크게 부족했다. 바닷가 마을에서 한 명뿐인 요가 강사는 주민들에게 이상적인 요가 강사가 되지 못했다. 그 사실이 늘 신경 쓰였다. 유일한 60대 수강생인 윤자 씨는 이따금 요가원에 또래 친구들이 없어 심심하다는 말을 내비쳤다. 내가 보기에 그저 심심한 정도가 아니었다. 누구보다 이야기하기 좋아하는 윤자 씨가 "안녕하세요", "수고하셨어요"라는 인사 외에는 아무 말 없이 묵묵하게 수업만 받고 돌아가는 모습을 볼 때마다 마음이 편치 않았다.

회원들과 유대감을 형성하는 일은 요가원 운영에 큰 영향을 끼친다. 도시와 떨어진 지방일수록 회원과의 친목이 매우 중요하다. 나름 주민들과 어울리는 자리를 부지런히 찾아다녔지만, 사람과 가까워지는 방법을 여전히 알지 못했던 나는 어느 순간 사교활동에 완전히 마음을 접었다. 대신 금요일 독서 모임을 만들었다. 요가 지도자 교육 과정도 신설했다. 아영 씨가 먼저 지도자 과정을 개설해 달라고 요청했다. 그녀는 독서 모임에도 빠지지 않고 얼굴을 비쳤는데 내가 지나가는 말처럼 "요가를 좋아하는 사람이 생기면 스터디 모임이라도 만들까 봐요"라고 했던 것을 기억하고 있었다. 요가 지도자 교육 과정은 요가원 운영에 직접적으로 도움이 된다. 다만 나에게 지도자 과정 수업을 이끌어 나갈 역량이 있는지는 의문이었다.

요가 강사로서 내 경력은 고작 3~4년을 채웠을 뿐이었다. 아직 배워야 할 것이 많았다. 일주일에 한 번 서울에서 수업을 받을 때마다 요가에 대해 아무것도 모르는, 여전히 초보에 머무르고 있는 요가 수련자로서의 자기 자신을 돌아봐야 했다. 각 분야에서 10년 이상 경력을 쌓은 베테랑 강사로 탄탄하게 구성된 대형 요가원의 전문 과정과 비교하면 한숨이 나왔지만 어떻게든 해 보기로 했다.

지도자 과정을 신청한 아영 씨와 수진 씨, 그리고 선경 씨는 집에서 자녀들이나 부모님에게 소소하게 요가를 가르쳐 주고 싶다고 했다. 특히 아영 씨는 지역 어르

신들을 위해 봉사활동을 하고 싶어 했다. 세 사람은 모두 자녀가 있는 30대 후반, 40대 초반의 주부였다. 바닷가 마을에서 가족들을 돌보면서 일하고 있기 때문에 요가를 하려고 멀리 떨어진 읍이나 도시로 나가기 쉽지 않았다. 이미 인근 시의 몇몇 요가원을 알아봤지만 바닷가 마을에서 전문 과정을 듣는 것이 최선이라는 결론을 내렸다고 했다.

요가 지도자 교육 과정을 시작한 첫날, 왜 이 과정을 선택했냐는 질문에 수진 씨가 대답했다.

"혹시라도 선생님이 이곳을 떠나면 더 이상 요가를 배울 수 없잖아요."

새삼 인적 인프라가 턱없이 부족한 시골 마을에서 살고 있다는 걸 실감할 수 있었다.

요가 지도자 교육 과정 수업을 위해 자료를 정리하고 교재를 만들기까지 3~4개월이 걸렸다. 요가 철학, 요가 생리학, 척추 생리학, 근육학, 차크라, 아유르베다(인도의 전통 의학), 반다(신체의 특정 부분을 잠그는 요가 행법), 무드라(프라나(에너지)를 조절하는 요가 행법) 그리고 무엇보다 아사나 이론을 다시 공부했다.

요가 지도자 과정을 마치고 각종 워크숍을 전전했을 때 무엇이 가장 간절했었는지 복기해 보기도 했다. 그때는 요가에 대한 갈증에 시달리던 시절이었다. 요가를 통해 몸을 회복하면서 요가에 대해 더욱더 알고 싶었지만 지도자 과정을 마친 후에도 갈증은 충족되지 않았다. 『요가 수트라』는 페이지를 넘길 때마다 모르는 단어가 속출했고 문장에 담긴 의미를 정확하게 알기 어려웠다.

그럼에도 시작하는 것이 무엇보다 중요했다. 요가 지도자 과정은 학문적 지식보다 스스로 수련하며 깨우쳐 나갈 수 있는 계기를 제공했다는 점에서 의미가 있었다. 좀처럼 회복하지 못했던 몸을 위해 시도하고 실패하고 성취했던 경험을 나누고 싶은 마음도 있었다. 나 자신을 위해서도 중요한 공부가 될 것이라고 스스로 격려했다.

아사나 사진도 촬영하지 못하고 완성한 교육 교재는 A4 용지로 279페이지였다. 상세한 설명을 위해 보조 교재도 따로 만들었다. 요가 지도자 교육 과정 1기는 바닷가 마을에서 맞이한 두 번째 여름이 끝나는 계절에 시작되었다. 이동식 화이트보드와 요가실에서 사용할 1인용 좌식 테이블을 구입하고 몇 번이나 강의 연습을 했다. 바닷가 마을 요가 지도자 과정은 내가 그곳을 떠난 후에도 4기까지 계속되었다.

수강생들이 가져다주는 먹거리를 그저 받기만 했던 나는 궁리 끝에 요가실 앞에 커피 테이블을 마련했다. 수업이 끝나고 수강생들이 따뜻한 음료 한 잔을 마실 수 있도록 원두커피를 내리고 코코아와 커피믹스, 과자를 놓아두는 정도가 할 수 있는 전부인 것 같았다. 그리고 성실하게 요가를 가르치는 것. 다시 또 이곳에서 여름을 맞이할 즈음에는 더 많은 바닷가 마을 주민들이 그들의 친숙한 이웃으로부터 요가를 배웠으면 좋겠다고 생각했다.

시르사아사나

SIRSASANA

머리로 서는 아사나다.

요가를 처음 시작할 때 흔하게 목표로 삼는 자세다.

나 역시 시르사아사나처럼 멋져 보이는 자세를

하루라도 빨리 완성하고 싶었다.

추하게 도착하는 것보다 늦게 도착하는 편이 낫다

지난해 왼쪽 햄스트링(허벅지 뒤쪽 부분의 근육과 힘줄) 파열로 인해 한동안 수련을 멈춰야 했다. 민망하게도 욕심과 무지에 따른 부상이었다.

평소 나는 골반 유연성이 필요한 아사나를 할 때 어려움을 겪곤 했다. 일반 수강생도 비교적 쉽게 할 수 있는 기초적인 자세를 요가 강사가 하지 못한다는 것은 상당한 스트레스였다. 요가를 시작한 이후 골반 교정 아사나를 계속하고 있었지만 그 자세들은 무릎에 부담을 주기 때문에 자주 하기 어려웠다. 그만큼 아사나를 완성하는 속도가 더뎠다. 좀 더 빠르게 효과를 볼 수 있는 획기적인 방법이 없을까 조바심을 내던 차에 한 달 만에 다리를 완전한 일자로 펼 수 있게 만들어 준다는 홈트레이닝 실용서가 눈에 들어왔다.

그때까지 나는 '4주 만에 몸을 만들 수 있다'고 주장하는 각종 안내서를 보면서 이런 걸 믿는 멍청한 사람들이 있구나, 실소를 금하지 못했다. 그런데 그 멍청이가 바로 나였다. 귀가 솔깃해진 나는 한 번 시도해 봐도 손해는 없겠지 생각했다. 그러나 무리하게 골반을 여는 동작은 이상근(엉덩이 근육 중 하나)과 햄스트링에 손상을 입혔다.

햄스트링과 이상근은 여러 관절을 지나가는 중요한 근육이다. 한번 염좌가 생기면 오랫동안 고생하는 것은 물론, 아사나를 하는 데 제약이 생긴다. 가능하면 햄스트링을 쉬게 하는 편이 현명했지만 요가를 가르치는 입장에서 무작정 수련을 그만둘 순 없었다. 덕분에 왼쪽 햄스트링은 회복될 기미가 보이지 않았고 우울감만 깊어졌다. 부상을 입지 않았다면 동작이 더 잘될 것 같은데, 더 빨리 자세를 완성할 수 있을 것도 같은데, 속이 쓰렸다. 어서 낫기만 기다렸다. 그러나 1년 가까이 지나도 햄스트링은 원래대로 회복되지 않았다.

요가를 잘하고 싶은 욕망에서 시작된 모든 시도는 언제나 제대로 된 결과를 가져다주지 않는다. 실패를 거듭하면서 결국 '요가를 잘하고 싶다'는 마음을 버릴 수밖에 없었다. 그렇지 않으면 매일의 연습은 괴로움일 뿐이었다. 그렇게 하루를 보내고 싶지 않았다.

시간이 지나면서 '그래도 요가 강사인데'라는 목에 걸린 가시 같았던 부담감도 내려놓았다. 여기까지가 나의 한계라면 어떻게 할까, 부족한 요가 강사로 낙오될지도 모른다는 두려움도 벗어 버렸다. 신체적 결함 때문에 동작이 잘되지 않아도 개의치 않기로 했다. 수련 조건이 불리하다는 사실도, 노력해도 잘되지 않는 동작이 있다는 사실도 받아들이기로 했다. 나는 결과를 염두에 두지 않고 계속하는 법을 배우기 시작했다.

요가를 잘하는 사람은 바닷가의 모래알처럼 많다. 신체 상태가 우수한 강사는 다른 이들이 몇 년을 연습해도 애를 먹는 아사나를 수월하게 완성한다. 요가를 시작한 지 6개월이 되지 않았는데 드롭백앤컴업(선 자세에서 두 팔과 머리, 상체를 뒤로 넘겨 우르드바 다누라 아사나(위로 향한 활 자세)를 완성하고 다시 선 자세로 돌아오는 동작)을 하는 무서운 초보자도 볼 수 있다. 특히 체조나 무용을 전공했던 사람은 요가를 배우지 않아도 거의 모든 요가 동작을 할 수 있다. 그러나 요가를 배울 때 가장 많이 듣는 말 중 하나가 바로 '서커스를 하지 말고 요가를 해라'는 것이었다.

요가를 가르치다 보면 운동이 필요한 사람들, 지금 당장 병원 진단을 받아도 이상할 것이 없을 정도로 신체 컨디션이 떨어지는 사람들이 한두 달 지나면 더는 수업에 나오지 않는 경우가 있다. 오히려 몸 상태가 우수한 사람들이 열성적으로 수업에 출석한다. 왜 그럴까 곰곰이 생각하다가 몇몇 수강생의 태도를 보면서 이유를 알게 됐다. 그들은 운동을 잘하기 때문에 운동을 좋아하는 것이었다. 때론 강사인 나와 비교하면서 경쟁하고 싶어 했다. 반면 운동을 잘 못하는 사람들은 잘 못한다는 이유로 쉽게 위축되어 그만두곤 했다.

그동안 어떤 수업을 하고 있었던 걸까, 내심 충격이었다. 좀 더 열심히 해야 한다고 버릇처럼 했던 말이 요가를 잘해야 하는 것처럼 들렸는지도 모른다. 운동을 계속하고 싶었지만 이내 좌절감을 느껴야 했던 시간들이 떠올랐다.

수업하면서 만난 수강생 중에 강사를 권하고 싶을 만큼 소질이 있는 사람은 건강한 20대 몇 명에 불과하다. 절반이 넘는 수강생들이 굳어 있는 등과 어깨의 통증으로 아도 무카 스바나아사나(얼굴을 아래로 하는 개 자세)조차 하기 어려워한다. 그러나 화려한 동작에 이끌려 요가를 하려는 사람들이 늘어나면서 점점 많은 요가원이 회복과 교정을 위한 기초 수업을 생략하고 대신 수업으로 인해 부상을 입어도 책임을 묻지 않는다는 회원 조항을 빠뜨리지 않는다.

❀

40대 전업 주부 혜주 씨는 누구 못지않게 열심히 요

가를 한다. 바닷가 마을 요가 수업을 찾기 전에도 읍사무소의 피트니스 센터에서 꾸준하게 웨이트 트레이닝을 했다고 한다. 혜주 씨는 살찌지 않은 아담한 몸매를 가지고 있었지만 유독 아랫배가 튀어나와 있었다. 골반 교정이 필요하다는 걸 쉽게 짐작할 수 있었다. 평소 한쪽으로 구부정하게 치우친 자세도 운동으로 단련된 몸과는 거리가 있었다. 오랫동안 운동을 계속한 사람은 대체로 어깨와 흉곽이 열려 있어 자세가 바르다는 인상을 준다.

바닷가 마을 요가 수업이 시작되면 백만 번쯤 되풀이되는 나의 지칠 줄 모르는 잔소리에 수강생 모두 허리를 반듯하게 세우고 어깨를 아래로 끌어내리고 턱을 쇄골 쪽으로 당겨 바르게 앉으려고 노력한다. 그 와중에 혜주 씨 혼자 등과 어깨를 둥글게 말고 어정쩡하게 앉아 있다. 주의를 주어도 소용없었다. 혜주 씨의 어깨가 제대로 펴지기까지 1년 넘는 시간이 걸렸다.

최근 혜주 씨는 등의 통증을 호소했다. 골반 문제를 가진 사람들이 대개 그렇듯 혜주 씨도 척추 유연성이 좋지 않았는데 척추 기립근 동작을 하면서 생긴 운동통인 것 같았다. 나 역시 겪었던 통증이라 아마 큰일은 없을 것이라고 말해 주었다. 그렇지만 평소 지나치게 열성적인 그녀의 성격이 걱정되어 "흔한 통증이지만 괜찮은 것은 아니다"라고 덧붙였다.

혜주 씨의 통증은 이를테면 성능이 좋지 않은 차가 빨리 달릴 때 생기는 부작용 같은 것이다. 성능이 뛰어난 차라면 마음껏 엑셀을 밟으면서 아우토반을 질주해도 좋지만 성능이 좋지 않은 차가 무리하게 속도를 올리면 그에 따른 리스크를 감수해야 한다. 같은 문제를 가진 나로선 그 점을 아주 잘 알고 있었다. 요가 강사이기 때문에 어쩔 수 없는 일로 받아들이고 있지만 일반 회원이라면 무리하게 속도를 올릴 이유가 없다. 운동에 따른 통증과 부상은 피하는 것이 최선이었다.

"얼마 전에 골밀도 검사를 했는데 뼈 나이가 20대로 나왔는데요!"

'성능이 좋지 않다'라는 표현이 불쾌했는지 혜주 씨가 얼굴을 굳혔다. 나는 비로소 혜주 씨가 굳이 내게 아프다고 엄살을 떨었던 이유를 알 수 있었다. 그녀가 호소한 것은 통증이 아니라 이토록 열성적으로 운동하고 있다는 자랑이었다. 그동안 혜주 씨에게 올바른 자세에 대해 몇 번이나 반복해서 설명했지만 그때마다 그녀는 고개만 끄덕거릴 뿐 여전히 한 귀로 듣고 한 귀로 흘려 보냈다. 그녀에게 가장 중요한 것은 '요가를 잘하는 사람'이라는 훈장뿐인 것 같았다. 물론 이렇게 외진 바닷가 마을에서 요가를 잘하는 사람은 나를 포함해 아무도 없다.

'추하게 도착하는 것보다 늦게 도착하는 편이 낫다'라는 말이 있다. 서투르기 때문에 썩 훌륭해 보이지 못한다는 것은 결코 웃음거리가 아니다. 누구에게나 초보 시절이 있기 마련이다. 우리가 오랜 시간 수련한 실력자에게 아름다움과 감동을 느끼는 이유는 단지 '잘하기' 때문만은 아니다. 보기에 아름답지 못했던 자세가 오랜 시간을 거쳐 점점 완성되어 가는 고단한 과정이 역설적으로 아름답게 느껴지기 때문이다.

나바아사나

NAVASANA

배를 강하고 건강하게 만들어 주는 복부 아사나다.
등을 대고 누워 상체와 다리를 동시에 들어 올리는,
나로서는 애증이 느껴지는 자세다.

삶을 동요하지 않는 일정한 무엇으로 바꾸는 일

요가의 어원은 '결합하다'라는 뜻을 가진 산스크리트어 유즈(yuj)에서 유래했다. 유즈는 '마구를 채우다', '멍에를 씌워 붙들어 매다'라는 의미에 더 가깝다. 요가의 궁극적인 목적은 몸과 마음의 고통에서 벗어나 자유로워지는 것이다. 그런데 왜 자유가 아닌 구속이 요가의 어원이 되었을까?

자유는 쉽게 오해되는 개념이다. 제한을 두지 않는 '무제한'이 마치 자유인 것처럼 받아들여진 것은 '자유국가' 미국의 역할이 컸다고 생각된다. 미국에서는 자유라는 미명 아래 개인의 선택에 제한을 두지 않는다고 한다. 먹는 음식도, 부의 축적도 한계가 없다. 하지만 그것은 경제관념이지 고통스러운 상태에서 벗어나게 해

주는 진정한 의미의 자유가 아니다.

한때 '보이지 않는 손'이 개인의 탐욕을 사회 전체의 이익으로 바꿔 준다고 믿었던 시절이 있었다. 마치 사과씨를 아무 데나 버리면 노력하지 않아도 수확할 수 있다고 말하는 것 같았다. 언뜻 그럴듯하게 들리지만 현실은 달콤한 주장과 사뭇 다르다.

자유를 다시 생각해 본다. 과연 우리는 무제한의 선택으로 자유를 얻을 수 있었을까? 나 자신의 경험을 돌아보자면 내 멋대로 마음껏 행동했을 때 자유로웠다고는 말할 수 없다. 오히려 제한이 없는 선택이야말로 끊임없는 결핍에 시달리게 만들었다.

요가에서 우리는 각자 목적에 의해 달리는 마차에 비유된다. 이성이라는 마부가 감각기관에 해당하는 말의 고삐를 쥐고 육체의 마차를 끌고 간다.

마차 안에 앉아 있는 사람은 이들의 주인, 바로 진정한 내면의 자아다. 올바른 삶이란 이성으로 감각을 제어하면서 자아가 가리키는 방향으로 나아가는 것이다.

이성의 힘이 약해지면 말들은 제멋대로 행동한다. 분노, 슬픔, 기쁨, 행복, 즐거움, 상실, 두려움의 말들을 제어할 수 없다면 육체의 마차는 목적지를 잊어버리고 폭주하거나 멈춰 버린다.

내가 원하고 있다고 여기는 것은 대개 자유가 아닌 감각기관이 쫓는 자극적이고 순간적인 행복감에 불과하다. 요가는 유즈라는 어원 그대로 미친 원숭이처럼 날뛰는 마음에 마구를 채우는 일이었다.

❀

나바아사나(보트 자세)는 특히 어려웠던 아사나였다. 처음 몇 년 동안은 시도조차 하지 못했다. 한심할 정도로 복근이 부족했던 나는 바닥에서 발을 뗄 수 없었다. 지도자 과정을 마칠 즈음 간신히 다리를 들 수 있었는데 안정적으로 자세를 유지할 수 없었다. 복근을 단련하기 위해 윗몸 일으키기와 레그 레이즈(등을 대고 누워 다리를 들어 올리는 하복부 운동), 플랭크(팔과 발끝으로 신체를 띄워 머리, 목, 척추, 엉덩이, 다리를 일직선으로 유지하는 코어 운동)를 했지만 소용없었다. 지쳐 버린 나는 낙심했고 이내 포기했다.

나바아사나를 다시 시작한 것은 아쉬탕가 빈야사 요가 수업을 받으면서였다. 아쉬탕가 빈야사 요가를 하려면 '물라 반다'를 할 수 있어야 한다. '반다'는 '잠그다'는 뜻으로 몸의 특정 부위를 닫아 기력을 보호하는 요가 행법이다. 물라 반다는 쉽게 아랫배 힘이라고 할 수 있다. 몸을 띄우는 아사나를 할 때 필요한 힘이다. 물라 반다를 하지 않은 상태에서 리프트 동작을 시도하면 쉽게 다치게 된다.

나바아사나는 물라 반다를 연습할 수 있는 아사나다. 바꿔 말하면 반다를 하지 못하기 때문에 나바아사나가 잘되지 않는 것일 수도 있다. 반다를 느낄 수 없었던 나는 나바아사나를 연습할 때마다 맥이 빠졌다. 어차피 해도 안될 것이라고 생각했다. 하지만 요가를 그만두지 않는 한 수련을 피할 순 없었다.

어느 순간 반다를 느꼈을 때 그동안 왜 나바아사나

를 제대로 할 수 없었는지 알 것 같았다. 그때까지 수련의 목표는 아사나를 완성하기 위해서였다. 아사나가 완성되면 자동으로 불리한 신체 조건이 개선될 것이라고 여겼다. 언제나 그렇듯 해답은 단순했다. 무언가를 제대로 하기 위해서는 기술을 더하기보다 오류를 수정하는 것이 먼저였다.

나바아사나를 다시 연습하면서 나는 억지로 다리를 높이 들거나 곧게 뻗으려고 하지 않았다. 대신 아사나를 어렵게 만드는 약점에 집중했다. 평생 가져가야 할 골반 문제와 그 때문에 약해진 복부의 힘, 바로 반다였다. 반다를 하는 연습량이 절대적으로 부족한 탓도 있었다. 유연성 동작 위주로 수련을 계속하면 상대적으로 반다를 사용하는 시간이 짧아지게 된다.

반다를 염두에 두고 연습하면서 나바아사나는 훨씬 안정적으로 유지되었다. 복부를 달구는 열기가 온몸으로 퍼져 나갔다. 아쉬탕가 빈야사 요가는 몸 안에 불꽃을 지피는 과정이었다. 아쉬탕가 수업 시간에 물이나 음료를 마실 수 없는 이유도 그 때문이라고 한다.

어느덧 요가를 시작한 지 10년 넘게 흘렀다. 요가가 무엇인지 알기에는 짧은 시간이지만 그저 동작을 잘하는 것이 전부가 아님을 깨닫기는 충분하다. 마음을 다잡고 앞으로 나가는 것 자체가 요가였다. 하루하루 연습량을 쌓아가는 과정은 끝없는 기다림이었다. 그 과정에서 희망적인 계시 따위는 받지 못한다. 지쳐 버리거나 조바심을 내면 길은 더욱 험난해진다.

바닷가 마을에서 요가를 가르치기 시작했을 대 나는 자꾸 멀어지는 목표를 떠올리면서 속을 태웠다. 하루빨리 핸드스탠드(바닥에 손을 짚고 물구나무서는 자세)와 점프 스루(두 손으로 바닥을 짚고 몸을 띄우는 아쉬탕가 빈야사 요가의 연결 동작)를 해야 할 텐데, 드롭백 앤컴업(선 자세에서 두 팔과 머리, 상체를 뒤로 넘겨 우르드바 다누라아사나(위로 향한 활 자세)를 완성하고 다시 선 자세로 돌아오는 동작)은 대체 언제쯤 할 수 있을까, 아직 시르사아사나를 간신히 하고 있었던 나는 아름다운 요가 선생님들의 인스타그램 게시물을 보면서 부러움과 초라함을 동시에 느껴야 했다.

우리가 긴 세월 수련을 계속하는 요가 수련자에게 경의를 표하는 것은 그들이 요가를 잘해서가 아니다. 스스로에 대한 고삐를 쥐고 끊임없이 수련한다는 사실에 존경을 느끼는 것이다. 그들을 보면서 나 역시 내 자신을 멋대로 내버려두지 않겠다고 마음을 다잡는다. 요가는 오롯하게 혼자 할 수밖에 없는 수련이지만 오늘도 변함없이 요가를 하는 수많은 사람들이 있다는 사실에 용기를 얻는다.

오늘을 살기 위해 노력하지 않는 사람은 없다. 누구나 돈을 벌기 위해 가족을 부양하기 위해 타인에게 존중받기 위해 노력한다. 그러나 바르게 고삐를 쥐지 못하는 순간 우리의 노력은 갈 길을 잃고 제멋대로 달려나간다.

진정한 자유는 내가 있어야 할 곳에서 나로 살아갈 때 얻을 수 있다. 있어야 할 바로 그 자리. 본래 그렇게 되어야 하는 나. 그렇게 본질에 맞는 형태를 이루는 것이다. 몸과 마음의 고통에서 벗어날 수 있도록 만들어주는 자유를 향유하기 위해서는 역설적으로 자신을 제어할 수 있어야 한다. 가장 어려운 일은 변함없이 계속하는 것이다. 매일 반복하는 요가 수련은 삶을 동요하지 않는 일정한 무엇으로 바꿔준다.

아도 무카 스바나아사나

ADHO MUKHA SVANASANA

'얼굴을 아래로 향한 개 자세'라는
재미있는 이름을 가진 아사나다.
처음 시도할 땐 세상 힘들지만 이 자세가 되지 않으면
다음 단계로 나아갈 수 없다.

자기 자신으로 향하는 길

혼자 하는 수련은 늘어지기 십상이다. 오늘은 그냥 건너뛸까, 하루쯤 쉬어도 괜찮지 않을까 어떻게든 수련을 쉬고 싶은 나 자신과 매일 아침 협상을 벌인다. 어떤 날은 요가 매트를 깔다가 문득 손 하나 까딱하기 싫은 기분이 되어 수련을 포기해 버린다. 유리 같은 내 의지력은 사소한 자극에도 쉽게 무너진다. 미세먼지가 심한 날은 공기가 탁해서 신체 컨디션이 떨어지면 몸이 좋지 않아서 신경 쓰이는 일이 생기면 마음이 심란해서 수련할 마음이 사라진다. 이제는 새삼스러운 일도 아니라서 그냥 그러려니 한다.

수련이 없는 휴일이 되면 이보다 신날 수가 없다. 이불 속을 뒹굴거리면서 일주일 내내 머릿속을 맴돌던 달

콤한 간식을 쌓아 놓고 하루 종일 영화나 예능 프로그램을 시청한다. 그렇게 주말을 보내고 월요일 아침이 되면 몸은 다시 시작되는 수련에 격렬하게 저항한다. 겨우 수련에 익숙해진 몸으로 만들고 나면 주말이 돌아온다. 이제는 주말에도 수련하겠노라 마음먹지만 수련 시간을 늘리기란 좀처럼 쉽지 않다.

수련 시간은 아쉬탕가 빈야사 요가 1시간이다. 무릎에 부담을 주지 않기 위해 앉아서 하는 싯팅 구간을 건너뛰고 있지만 시퀀스를 마음대로 바꿀 수 없기 때문에 꾀부릴 핑계를 대기 어렵다. 정해진 규칙대로 아무 생각 없이 수련 시간을 채우고 있다. 동시에 자세가 잘되지 않아 마음이 쉽게 지친다.

아쉬탕가 빈야사 요가와 함께 부장가아사나(코브라 자세)도 15분 유지한다. 동작할 때 손목과 어깨에 무게가 실리지 않도록 의식적으로 가슴을 열고 등과 허리를 세운다. 2~3분을 남겨놓고 더 버티지 못할 것 같으면 숫자를 센다. 15분을 끝까지 채우고 싶어서 타이머에 시선을 고정하고 '1초만 더, 1초만 더' 속으로 중얼거린다.

누군가 극기의 기쁨이야말로 가장 큰 기쁨이라고 했다. 그 말을 듣고 가장 기뻤던 순간이 언제였는지 생각해 보았다. 나에게 진정한 행복이란 커피와 고양이, 독서처럼 소소한 것들이 전부다. 돌이켜보면 그보다 더 큰 행복을 느꼈던 적도, 바랐던 적도 없다. 나 역시 극기의 기쁨을 모르는 것은 아니지만 무언가 해냈다는 성취의 행복감보다 차라리 과정을 끝냈을 때 얻게 되는 식견이 내게 더 큰 의미를 가진다. 애초에 나는 성취를 통해 만족감을 느끼는 부류가 아닌 것 같다.

❋

글을 쓰기 시작한 건 30대 초반 뉴질랜드 여행을 다녀온 후였다. 어째서 글이었는지 설명하기 어렵다. 문장을 읽고 쓰는 일에는 이해력과 상상력이 필요하다. 글이란 두뇌가 명석한 사람들이 다루는 도구라고 여겼다.

운동을 좋아했던 사람이 요가 강사가 되는 것처럼 글을 쓰는 작가는 기본적으로 책 읽기를 사랑하는 독자다. 독서에 대한 애정이 학생 시절에서 멈춰 버린 나로서는 한 번도 작가가 되고 싶다는 생각을 하지 못했다.

그러고 보니 요가와 글쓰기는 잘하는 일이 아니라 꼭 해야 한다고 여겼던 것들인 것 같다. 비록 서투른 솜씨지만 나는 글쓰기를 통해 마음속을 가로지르는 물고기를 낚고 싶었다. 그 물고기들의 정체가 궁금했다. 유영하는 물고기들은 순식간에 사라졌고 시간이 흐르면서 흔적까지 지워졌다. 그것을 손으로 붙잡아 물고기가 남긴 비늘의 반짝거림과 곡선의 형태를 오랫동안 보고 싶었다. 사실 글쓰기를 통해 무언가를 남기려는 시도는 훌륭하지만 무용했다. 글로 쓴다고 해도 내 것이 되지는 않았다. 하지만 오롯하게 나에게 속해있었던 것들을 가능한 순간까지 명료하게 간직할 수 있었다.

❧

뉴질랜드로 트램핑(도보여행)을 떠났을 때 나는 대학로의 원룸에서 고양이 두 마리와 함께 살고 있었다. 직장을 그만두고 프리랜서가 된 지 2년이 지났는데 변변한 일감이 없어 디자인 서적을 뒤적이거나 컴퓨터 앞에 앉아 빈둥거리면서 시간을 보내던 시절이었다. 기대할 만한 미래가 없는 서른셋이었지만 아직 괜찮다고 생각했다. 나만큼이나 안일했던 부모님도 언제든 적당한 혼처를 찾아 결혼하면 그만이라고 여기는 것 같았다. 나에겐 가능성이 남아 있다고, 그러나 계속 꾸물거리다간 곧 비참한 최후를 맞이하게 될 거라고 칭찬인지 악담인지 모를 말을 누구한테나 듣고 있었다.

그때 나에게 가장 큰 화두는 '나 자신'이었다. 나는 나 자신을 사랑하면서 나답게 살고 싶었다. 하지만 나다운 삶이 어떤 삶인지, 어떻게 그런 삶을 살 수 있는지 감이 잡히지 않았다.

희망으로 가득 찬 스무 살에는 더 넓은 세계로 나가고 싶었다. 누구에게도 간섭받지 않으면서 누군가와 비좁게 공유하는 도시가 좋았다. 대학을 졸업하고 항공사 승무원이 되어 먼 도시로 향하는 비행기를 탄 것도 그 때문이었다. 하지만 이내 넓은 세상이란 장소가 아니라 '어떻게 살 것인가'에 대한 문제라는 것을 깨달았다. 나는 서른 살이 될 때까지 무엇을 할지 고민해 보기로 했다. 아마 서른이 되면 많은 것들이 자연스럽게 결정될 거라고 생각했다.

예상과 정반대로 서른 살의 인생은 갈피를 잡을 수 없었다. 내 마음속에서 반짝거렸던 것들이 점점 공허해지고 있었다. 그즈음 뉴질랜드로 여행을 떠났다. 얼굴이 그을리고 화장실은 불편하고 벌레에 쫓기는, 길을 따라 묵묵하게 걷는 여행이었다. 등산은커녕 도시 밖을 나가 본 적도 없었지만 지구 반대편이라면 이곳에 없는 무언가를 떠올릴 수 있을 것 같았다.

뉴질랜드에는 그레이트 워크(Great Walk)로 불리는 아홉 개의 국립공원 트램핑 루트가 있었다. 그중에서 썰물 시간에 맞춰 바다를 건너는 아벨 태즈먼 코스트 트랙을 선택했다. 아이들과 트램핑 초보자에게 권장되는 완만한 코스로 3박 4일이라 기간도 짧고 예약도 수월했다.

나는 자기 몸만한 배낭을 짊어지고 3박 4일 동안 바닷가를 따라 걸었다. 트랙에서 바라본 아벨 태즈먼 바다는 아름다웠다. 바닷물이 투명하게 반짝거렸고 거친 바닷바람 대신 숲의 공기가 산장으로 불어왔다. 밤이 되자 수많은 별이 파도가 일지 않는 바다 위로 쏟아져 내릴 것 같았다. 그곳에서 나는 도시에 두고 온 것들을 떠올렸다. 작은 원룸과 쌓여 있는 고지서와 새로 생긴 카페의 커피 맛과 친구들과의 브런치 같은 것이었다. 마음 깊은 곳에 성숙하지 못했던 연애와 무책임하게 외면한 가능성과 앞날에 대한 두려움이 있었다.

여행이 끝나고 집으로 돌아온 후 아벨 태즈먼에서의 순간은 시간의 위력과 삶의 피곤으로 점점 퇴색했다. 하지만 나는 아벨 태즈먼 바다를 바라보면서 느꼈던 기쁨을 여전히 기억할 수 있었다. 함량을 채웠다는 기쁨. 아직 제자리를 찾지 못한 퍼즐 조각이 수없이 널려 있지만 그래도 나 자신의 어느 한 부분을 꼭 맞춰 완성했다는 기쁨이었다. 자신을 사랑하는 일이 한 발짝을 떼고 다시 한 발짝을 옮기면서 힘겹게 걸어갔던 긴 여정과 다르지 않다는 사실도 짐작할 수 있었다. 길을 걷는 동안 미처 알지 못했던 진정한 내가 된 것 같았다. 그러나 모든 것은 그저 막연한 희망에 머무르고 있었다. 나를 찾기 위해 나답게 살기 위해 어디에서부터 첫발을 떼야 하는지 가늠할 수 없었다. 그토록 가깝고 지루한 일상에서 트랙이 시작된다는 사실을 그때는 미처 알지 못했다.

브륵샤아사나

VRKSASANA

'나무 자세'라는 뜻으로 한 다리로 서는 아사나다.
발바닥으로 땅을 힘껏 움켜쥐고 나무처럼 뿌리를 내린다.
아랫배 힘과 다리 근육이 단련되면
오랫동안 흔들리지 않고 그 자리에 서 있을 수 있다.

온전한 지금을 산다

사람은 누구나 자신 안에 가능성이라는 작은 씨앗을 품고 태어난다. 그 씨앗이 어떤 나무로 성장할지 아무도 알지 못한다. 울창하게 자란 씨앗이 꽃을 피우는 시기를 맞이하면 비로소 자신이 누구인지, 자신의 씨앗이 떡갈나무인지 벚나무인지 알게 된다. 하지만 모든 사람이 꽃을 피울 수 있는 것은 아니다. 기후와 토양이 맞지 않아 싹조차 틔우지 못하는 씨앗도 있다. 자신 안의 씨앗을 크고 아름답게 성장시키는 것, 그건 바로 요가를 하는 사람의 의무였다.

요가 지도자 과정 수업에서 씨앗 이야기를 들었을 때 씨앗이란 아마도 영혼의 형질에 관한 은유가 아닐까 생각했다. 당시에는 나의 씨앗이 운수 사납게 도랑으로 굴러떨어지는 일 없이 무탈하게 자라기만 바랐다. 지금은 씨앗의 의미가 전혀 다르게 다가온다.

나는 씨앗이 아니라 씨앗을 선물 받은 정원사다. 메마른 아스팔트에 떨어진 씨앗은 그대로 죽어 버린다. 햇볕을 제대로 쬐지 못하는 음지에서는 앙상하게 뒤틀린 모습이 되어 버린다. 하지만 정원사는 성장하기 어려운 환경에 떨어진 씨앗을 비옥한 토양으로 옮기고 햇볕을 가리는 방해물을 치우고 쓸데없는 잔가지를 자르고 매일 듬뿍 물을 준다.

나라는 존재는 가능성이 아니라 세상을 살아가는 실체였다. 그저 운 좋게 햇볕을 쬐거나 누군가의 돌봄으로 꽃이 피기를 기다릴 이유가 없었다.

요가 지도자 과정 중에 선경 씨가 말했다.

"저는 아직 모르는 것이 많지만 누가 가르쳐 주기만 한다면 잘할 수 있어요."

그 말을 듣고 속으로 생각했다. 만약 누가 가르쳐 주지 않는다면 어떻게 해야 할까? 그냥 모르는 채로 살아야 하는 걸까?

오래전에도 같은 말을 들었다. 무슨 모임이었는지 내가 왜 그 자리에 있었는지 모임이 즐거웠는지 전혀 기억나지 않지만 그 자리에서 어느 중년 여성이 했던 말을 확실하게 떠올릴 수 있다. 그녀는 캐서린 제타 존스와 안토니오 반데라스의 영화 〈마스크 오브 조로〉에 대해 이야기했다. 주인공 조로가 너무 부럽다면서 자신에게도 안소니 홉킨스 같은 스승이 있었으면 얼마나 좋았을까, 아쉬워했다. 인생의 진리를 알려 주고 훈련을 시켜 주는 스승이 있었다면 지금보다 훨씬 많은 일을 했을 거라고 했다. 지금이라도 그런 스승을 만났으면 좋겠는데 이제는 너무 늦은 것 같다고 한숨 쉬었다.

누가 봐도 부유한 집안의 사모님처럼 보이는 중년의 여자가 왜 그런 말을 했을까 줄곧 머릿속에서 잊히지 않았다.

❁

인생에서 정답을 알려 주는 스승 같은 것은 없다. 본래 그렇게 되어야 하는 내가 누구인지 나에게 알려줄 수 있는 사람이 나 외에 또 누가 있을 수 있을까? 우리의 삶은 그 자체로 자신의 자리를 찾아가는 여정이다.

아벨 태즈먼 트랙을 걸어갔던 서른셋의 나와 달리 지금의 나는 내가 누구인지, 무슨 일을 하는 사람이 되어야 하는지 묻지 않는다. 진정한 자신을 찾으려고 애쓰지도 않는다. 찾아야 할 진정한 자신이란 존재하지 않는 것이나 마찬가지다. 자기 자신을 완성하는 것은 타고난 형질이나 외부의 환경이 아니다. 그것은 스스로 결정한 수많은 선택이다. 지금의 내가 무엇을 선택하고 어떻게 행동하는가에 의해 나 자신이 규정된다. 비록 타고난 형질이 아니더라도 내가 선택하는 순간 그것은 나의 형질이 된다.

나에게 선택은 결과가 아니라 그저 멈추지 않고 계속하는 과정이다. 지루하고 평범하게 여겼던 작은 것들이 무수하게 쌓여 만들어지는 굳건한 내 자신이다. 고집이나 자존심이 아닌 자신의 근간이 되는 강인함이다.

어느덧 안소니 홉킨스 같은 스승이 없다는 사실에
낙담하던 그 중년 여성만큼 나이를 먹은 나에게 진정한
자기 자신은 중요하지 않다. 중요한 건 언젠가 만들어
질 내가 아니라 나에게 주어진 지금이라는 시간이다.

지금을 온전하게 살아가는 사람은 많지 않다. 우리는
과거를 후회하거나 미래를 두려워하느라 지금 이 순간
을 낭비한다. 집에서, 직장에서, 친구들과의 모임에서,
거대한 도시 안에서, 함께 살고, 함께 일하고, 함께 이야
기하고, 함께 무언가를 하고 있어도 우리는 그 순간 함
께 존재하지 않는다. 각자 다른 시선으로 각자 다른 방
향을 보고 있는 마음은 서로에게 닿지 않는다. 좀 더 친
밀한 관계라고 해도 마찬가지다. 부모가 자녀들과 시간
을 보낼 때조차 부모는 그 순간의 자녀를 바라보지 않
는다. 부모는 자녀의 미래 혹은 자신의 과거를 본다.

일주일에 한 번 서울에서 아쉬탕가 빈야사 요가 수
업을 받던 어느 화창한 가을날, 아난다 선생님은 요가
실에 모인 수강생들을 향해 이렇게 날씨 좋은 날, 놀러

나가는 대신 수업에 와줘서 감사하다고 했다. 그러면서 이런 날은 신이 내린 선물 같다고 덧붙였다. 우리는 한순간도 같은 곳에 머물지 못하지만 이런 날 함께 수업할 수 있어서 기쁘다고 했다. 나도 수업받을 수 있는 오늘이 고마웠다. 고속도로에서 왕복 다섯 시간을 보내야 했지만 요가를 배우는 학생이 되어 동료 수강생들과 함께 땀을 흘리며 요가를 수련하는 지금은 아마 다시 오지 않을 것이다.

파드마아사나

PADMASANA

'연꽃 자세'라는 뜻이다.
진흙 속에 뿌리를 둔 연꽃은
차크라를 통해 아래에서 위로 상승하는 쿤달리니처럼
수면 위로 올라와 꽃을 피우고 향기를 내뿜는다.

세상을 완전하게 살아가는 방식

요가는 몸이 아니라 마음을 수련하는 행법이다. 요가 학파의 창시자 파탄잘리는 『요가 수트라』의 첫 문장, '요가 치타 브르티 니로다(요가는 마음의 작용을 억제하는 것이다)'를 통해 요가 수련이 마음을 위한 것임을 분명하게 정의했다. 그는 사람을 속박하거나 해탈에 이르게 하는 것이 바로 마음이라고 여겼다. 인간의 문제는 대부분 정신적인 것이고 유일한 해결책도 마음에 대한 훈련이라고 했다. 마음이야말로 인간을 목표에 도달하게 만드는 가장 훌륭한 도구인 것이다.

요가에 따르면 우리 몸에는 일곱 개의 '차크라'가 존재한다. 차크라는 '바퀴'라는 뜻으로 일종의 에너지 센터라고 할 수 있다. '쿤달리니'는 인간에게 잠재된 우주의 힘을 의미한다. 자아를 실현시키는 원초적인 힘으로 척추 가장 아래 위치한 작은 샘으로 돌돌 감긴 뱀의 형상으로 잠들어 있다고 한다. 쿤달리니를 각성한 사람은 초인이 된다고 한다. 예술가는 걸작을 창조하고 전사는 최고의 능력을 발휘하게 된다. 각성하지 못한 사람은 평범한 사람으로 생을 마친다. 쿤달리니는 첫 번째 차크라 '물라다라'에서 일곱 번째 차크라 '사하스라라'까지 우리 몸의 에너지 센터를 따라 아래에서 위로 솟아 올라간다.

요가의 궁극적인 목적이 고통에서 벗어나 자유(해탈)를 얻는 것이라면 차크라와 쿤달리니는 지금 이 순간을 어떻게 살아가야 하는가, 결과가 아닌 세상을 완전하게 살아가는 삶의 방식이다.

일곱 개의 차트라 중 최고 단계인 사하스라라의 상징은 천 개의 꽃잎을 가진 연꽃이다. 진흙 속에 뿌리를 내리고 수면 위로 떠올라 아름답게 꽃을 피우는 연꽃은 끝없는 수련을 통해 만들어지는 진정한 자아에 비유할 수 있다. 그래서 연꽃 자세인 '파드마사나'는 쿤달리니를 각성시키는 명상 아사나다.

❁

요가를 시작했을 때 몸이 전부가 아니라는 사실을 알게 되었다. 몸과 더불어 마음의 건강까지 살펴야 했다. 요가 지도자 과정이 끝난 후 곧바로 명상을 배우고 싶었지만 당시에는 명상을 가르치는 선생님도, 명상 수업도 찾을 수 없었다.

돌아보면 나에게 고통은 무지로 인한 괴로움이었다. 자기 자신을 알고 싶었고, 마음을 옥죄는 감정의 정체가 궁금했고, 무엇이 지금의 나를 만들었는지 확인하고 싶었다. 몸의 불편함보다 마음의 불편함 때문에 견디기 힘든 시절이었다.

몸과 마음은 따로 떨어져 있지 않다. 동전의 양면처럼 함께 존재한다. 요가에서는 마음의 거친 형태가 몸이고 몸의 섬세한 형태가 마음이라고 말한다. 몸이 병들면 마음도 약해지고 마음이 상처를 받으면 몸도 아프다. 다시 말해 몸을 단련하지 않으면 마음도 단련할 수 없다.

허리와 골반을 바르게 세우고 근육을 만들기 위해 소비한 지난 몇 년을 돌아보면 마음을 교정하는 일은 몸을 교정하는 것만큼이나 긴 시간과 수고가 필요할 것이다. 나에게 마음이란 다루기 어려운 예민한 나 자신이었고 무엇보다 먼저 해결해야 할 숙제는 마음이 아니라 몸이었다. 그렇지만 몸에 대한 수련을 반복하다 보면 어느덧 그 과정이 마음에도 작용할 것이다.

❀

바닷가 마을에서의 일상은 미래를 계획하지 않은 채 하루하루 지나간다. 마치 어제를 복사해서 오늘로 붙이는 것 같다. 오늘은 다시 내일이 된다. 그런 나날이 나쁘지 않다. 밋쯔가 아파서 다급하게 동물병원을 찾아

다른 읍까지 가야 했던 순간을 제외하면 대체로 평온하게 흘러간다. 매일 같은 시간에 요가원 문을 여는 것으로 하루가 시작된다. 향을 피우고 수강생들과 함께 등과 어깨를 이완하고 허리와 골반을 교정하기 위한 자세를 유지한다. 햄스트링을 늘리는 동작은 수업마다 빼놓지 않는다. 햄스트링 부상으로 인한 근육의 피로가 아직 회복되지 않았다. 과욕으로 인한 부상은 부끄럽지도 자랑스럽지도 않다. 사람은 늘 실수를 저지르기 마련이다.

섬과 도시를 오가면서 아쉬탕가 빈야사 요가 수업을 받을 수 있는 시간은 일주일에 한 번뿐이다. 이제는 원하는 명상 수업을 얼마든지 찾을 수 있지만 도시로 이주하지 않는 한, 시간을 맞출 재간이 없다. 바닷가 마을에서 혼자하는 수련은 스스로 제대로 나아가고 있는지 확인하기 어렵다. 섬에서는 늘 요가에 대한 갈망을 느낄 수밖에 없다. 하지만 지금 이대로도 만족한다. 그조차 쉽지 않았던 시기가 있었다.

어느덧 읍내에 새로운 건물이 여러 채 들어섰다. 서

른 명 남짓한 수강생도 매번 다른 사람으로 바뀌었다. 오랜만에 수업을 다시 찾는 사람들, 어느덧 외지로 떠나 얼굴 보기 어려운 사람들과 만나고 헤어지기를 반복했다.

숩타 쿠르마아사나

SUPTA KURMASANA

나의 첫 직업은 항공사 승무원이었다.
여행은 나에게 운명 같은 것인지도 모른다.
다음 여행지는 이미 오래전에 정해졌고
그곳에서 나는 진짜 '나'를 만나게 될 것이다.

내면으로 향하는 거북이

이따금 왜 바닷가 마을로 향했을까 생각해 본다. 왜 하필 요가를 가르치고 글 쓰는 일을 하게 되었을까? 지금까지 운동과 글쓰기를 잘했던 기억은 없다. 어린 시절 나는 체육 시간마다 쉽게 지쳐 같은 반 친구들 뒤로 혼자 뒤처졌던 아이였다. 얼굴이 하얗고 몸이 가늘고 근력이 없는 팔다리가 물렁해서 철봉 매달리기 같은 것은 1초도 견딜 수 없었다. 소질을 보였던 분야는 그림이었다. 그림이라면 누구나 "잘 그린다"는 칭찬을 아끼지 않았다. 노력하지 않아도 결과물을 만들어 낼 만큼 대단한 재능은 아니었지만 의미를 두기엔 충분했다.

결국 길은 정해졌고 내 앞에는 아직 배워야 할 것들과 걸어가야 할 길이 남아 있다. 그 사실이 나를 고무시

킨다. 스스로 어떤 존재가 되어야 하는지 고심했던 시간은 지나갔다.

나는 비로소 주변을 돌아보면서 걸어갈 수 있었다. 길 위에서 만나는 사람들과 마주치는 풍경이 아름다웠다. 요가를 배우면서 그리고 요가를 가르치면서 알게 된 사람들은 내게 삶에 대한 의욕을 북돋아 주고 영감을 선사했다.

❀

숩타 쿠르마아사나가 조금씩 완성되고 있다. 앉은 자세에서 오른 다리를 머리 뒤로 올리고 편안하게 몸을 펼 수 있게 되었다. 왼쪽 다리도 어느새 머리 뒤에 닿기 시작한다. 숩타 쿠르마아사나는 산스크리트어로 '누운 거북이 자세'라는 뜻이다. 거북이가 사지를 오므리는 것처럼 감각에 현혹되지 않고 마음을 초연하게 만드는 아사나다.

파탄잘리가 제시한 요가의 8단계 중 내면의 집중,

'다라나'에 이르기 위해서는 외부의 감각을 차단하는 '프라티아하라' 단계를 거쳐야 한다. 아헹가의 『요가 디피카』에 따르면 숩타 쿠르마아사나는 프라티아하라의 준비 과정으로 오랜 잠에서 깨어나는 것처럼 생기를 되찾게 해준다.

거북이는 인도 힌두교의 3대 신, 비슈누의 화신이기도 하다. 비슈누는 잃어버린 보물을 찾기 위해 거대한 거북이가 되어 깊은 바다로 들어갔다고 한다. 그의 등에 만다라 산이 있었고 산 주위로 뱀의 화신 바수키가 똬리를 틀었다. 신과 악마는 함께 이 뱀을 돌려 바다를 휘저어 보물을 찾았다고 한다. 어째서 신과 악마가 단결하게 되었는지 궁금해지는 대목이다.

❀

아침 수업을 마치고 정오가 되기 전에 읍내를 가로질러 고양이 세 마리와 인간 여성 한 명이 사는 집으로 돌아왔다. 고양이들에게 밥을 주고 나도 밥을 먹었다.

설거지하고 청소하고 빨래를 했는데도 저녁 수업까지 시간이 남았다. 넉넉하지도, 그렇다고 조급하지도 않은 이런 시간은 글을 쓰거나 동영상을 시청하면서 보낸다. 아주 드물게 밖으로 나가 커피를 마시기도 한다.

읍내에는 혼자 커피 마시기 좋은 커피전문점이 세 군데나 있다. 오래된 동네 슈퍼처럼 보이는 시외버스터미널과 옅은 계란색 페인트로 칠해진 수산물 시장이 늘 내 눈길을 잡아끈다. 가끔은 한참 걸어 나가 바닷가를 산책하고 돌아오기도 한다. 그렇지만 역시 거친 바닷바람을 맞기보다 집에서 차를 마시면서 책 읽는 편이 더 좋다.

과자 부스러기가 떨어진 이불 위에 엎드려 책을 뒤적이고 있으면 세상 무엇보다 사랑스러운 우리 고양이들이 옆으로 다가와 몸을 동그랗게 말고 그르렁거린다. 세 마리 고양이 앙쯔, 밋쯔, 카버는 생김새만큼이나 성격과 개성이 제각각이다. 그중 가장 나이 어린 카버가 내게 몸을 비비면서 자주 어리광을 부린다. 나를 바라보는 카버의 눈에 인간에 대한 호기심과 신뢰가 담겨있다.

나는 첫 번째 고양이 세쯔를 잃고 한동안 심한 펫로스 증후군(반려동물이 죽은 후에 극도의 상실감과 우울감을 느끼는 증상)에 시달린 적이 있다. 그때의 기억을 자세하게 떠올리고 싶지 않지만 나에게 몸을 붙인 따뜻하고 포근한 고양이를 쓰다듬고 있으면 오래전 지금 같은 순간이 있었음을 깨닫는다. 그 순간을 소중하게 여기지 못했던 그때의 나를 돌아보기도 한다. 그럴 때면 무엇이라 말할 수 없는 깊고 강렬한 감정이 마음을 물들인다. 그러나 그 감정이 오늘을 해치지 않도록 노력한다.

조금씩 변화하는 바닷가 마을처럼 바닷바람이 불어와 수시로 등을 떠민다. 요가는 나에게 돛을 올릴 용기를 주었고 배를 댄 곳에서 살아갈 힘을 주었지만 요가를 가르치면서 머무고 있는 이 바닷가 마을이 내가 있어야 할 바로 그 자리인지 여전히 확신이 생기지 않는다. 때로는 어디로 향해야 하는지 갈피를 잡을 수 없다. 해야 할 것을 하지 못했다는 후회와 앞날에 대한 막연한 불안과 자신에 대한 실망이 마음을 채우기도 한다. 하지만 지금 이순간 느끼는 기쁨이 크다는 사실도 잊지 않는다. 과거를 후회하거나 그리워하면서 오늘을 낭비하고 싶지 않다. 미래의 나를 위해 오늘의 나를 희생하지도 않다. 나는 지금 이 순간을 온전하게 살고 싶다.

요가를 하는 사람은 과거를 돌아보지 않고 미래를 두려워하지 않으며 영원한 지금을 산다.

후기

EPILOG

귀를 기울여 나를 듣는다

　지금 나는 요가를 가르치고 있지 않다. 바닷가 마을을 떠나 도시로 거처를 옮겼고 그곳에서 드디어 명상을 배우게 되었다. 4주 과정이었던 명상 워크숍은 코로나가 예상보다 훨씬 더 길어지는 바람에 몇 개월이 지난 뒤에야 가까스로 과정을 마칠 수 있었다.

　명상을 가르쳐 준 누아 선생님은 그때까지 책을 읽으면서 느꼈던 의문과 명상에 대해 알고 싶었던 거의 모든 것을 선생님만의 방식으로 알려주었다. 덕분에 그토록 갈망했지만 동시에 두려웠던 내면으로 향하는 여정을 시작할 수 있었다.

　지난 몇 년 동안 나는 여러 번 쓰고 또 고쳐 써서 에세이 『귀를 기울여 나를 듣는다』를 출간했다. 자기 자신에게 나아가는 첫걸음을 떼기까지 이토록 많은 시간이 필요했다. 당시에는 알지 못했지만 돌아보면 지나온 것들이 잘 정리된 도로 블록처럼 내 뒤에서 차곡차곡 길을 만들어 주었다. 앞에 놓인 길을 따라간다고 생각했지만 사실 길은 없었다.

처음부터 여행자로 태어난 사람들이 있다. 뜨거운 계절에 떠나온 여행은 언제나 돌아가야 할 장소, 머물러야 할 집을 떠올리게 만든다. 바닷가 마을에서 느꼈던, 어디로 이어지는지 알 수 없는 향수를 무더운 여름을 견디는 도시에서도 여전히 느끼고 있다.

"고통이란 갈망과 혐오를 오가는 것이라고 한다. 무언가 간절하게 원했다가 가질 수 없어서 좌절하고 그로 인해 혐오를 느끼고 다시 또 가지려고 발버둥 치다가 눈앞에서 놓쳐버리는 것, 그것이 바로 고통이었다."

-『귀를 기울여 나를 듣는다』

바닷가 마을 요가 선생님이 되었습니다

초판 1쇄 2024년 8월 28일

지은이 전지영

펴낸곳 소다캣
출판등록 2021년 11월 18일 제2021-000048호
전화 070 7755 2578
이메일 sodacatbooks@gmail.com
인스타그램 @sodacatbooks

©전지영

ISBN 979-11-977799-7-8
값 17,000원